KB023944

영화, 도시를 캐스팅하다

영화,
도시를 캐스팅하다

한국영화가
사랑한 도시,

도시가 만난 영화

백정우 지음

한티재

세상 무서울 게 없던

열여덟 살 나에게

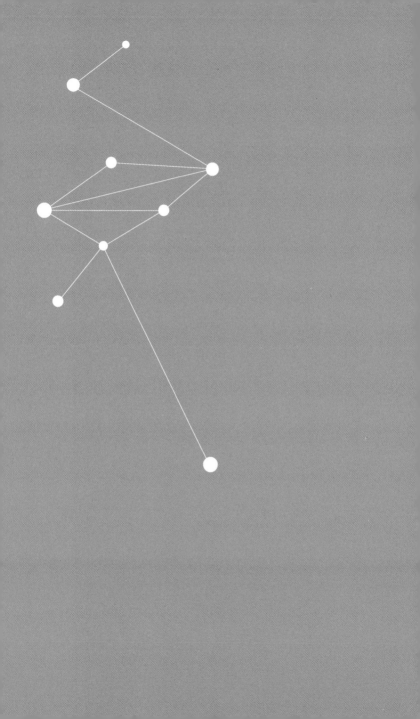

프롤로그

쓸쓸하던 그 골목을

당신은 기억하십니까?

어릴 적 살던 동네엔 골목이 많았다. 서울 한가운데였고 단독주택 즐비한 주택가였다. 골목은 담장으로 이어졌으며 담벼락엔 낙서가 그득했다. 골목은 아이들 공간이었다. 구불구불 이어진 골목을 활용한 놀이가 발달했다. 그때는 어디라도 골목 천지였다. 조금 큰 길과 고리를 이룬 골목, 두 큰 길 사이를 이어주는 골목, 어느 집

문간에서 끝나는 막다른 골목 등. 골목은 곧 동네 축소
판이었다. 숨기 알맞았고 은밀하고 불온한 기운이 휘휘
감돌았다. 날이 저문 골목길 가로등 아래는 연인들 차지
였다. 빚 받으러 온 사내가 담배 물고 담벼락에 기대 죽
치던 장소도, 경찰에 쫓긴 범죄자나 데모에 가담한 학생
이 뭇매 맞고 덜미를 잡히는 곳도, 짝사랑에게 건넬 연
서를 들고 하염없이 기다리던 장소도 골목이었다.

　영화가 골목을 놓칠 리 없었다. 골목은 정감 어린 공
간이지만 언제나 어느 쪽으로 갈 것인지 선택을 요구한
다. 누군가를 갑자기 마주칠 수 있다는 긴장감은 영화
의 배경으로 사용하기 그만이었다. 골목이 훌륭한 질료
가 된 까닭이다. 〈오발탄〉에서 김진규가 치통을 악물고
오가던 해방촌 달동네로 이어진 골목길, 〈고양이를 부탁
해〉에서 옥지영이 생활고를 이고 힘겹게 오르던 좁고 구
불한 골목길, 김상경이 담배 물고 쓴웃음 짓던 〈생활의
발견〉의 경주 골목길, 〈추격자〉에서 김윤석과 하정우가
추격전 펼치던 골목길, 눈이 오지 않는 도시 부산에 기
어이(!) 함박눈을 내린 〈눈이라도 내렸으면〉의 절망과
희망이 찰나로 교차하던 골목길. 추격전을 벌이기에, 밀

어를 나누기에, 복수의 칼날을 품기에, 상대의 눈을 피해 숨기에 더할 나위 없는 장소. 로 앵글로 찍어도 좋고 빗물을 품어도 좋으며 하늘에서 버드아이 숏으로 찍으면 더 좋은 곳. 자체로 풍경이 되고 언어가 되며 해설이 되는 공간이 골목이다. 촬영의 어려움에도 불구하고 영화가 골목을 놓지 못하는 이유가 여기에 있다.

어느 날부터인가 골목이 사라지기 시작했다. 어른들은 개발이라고 불렀다. 도시개발은 구부러진 길을 곧게 펴면서 시작되었다. 평평하고 곧게 뻗은 직선에서 더 이상 비밀은 피어나지 않았다. 구부러진 홈 사이에 담긴 추억과 낭만과 비밀의 서사가 사라지고 있었다. 사람들의 발걸음은 씩씩해졌을지언정 기계적 율동에 가까웠다. 근대화·도시화는 그렇게 골목을 지우면서 시작되었다. 골목은 재빨리 도시 일부로 편입되었다. 영화는 좀 더 기민했다. 도시를 배경으로 혹은 후경으로 삼은 영화들에서 골목은 추격전이 벌어지는 사건 전개 장소이거나 특정 공간을 상징하는 용도로 사용되었다. 영화에서 골목은 곧 '도시의 뒷골목'과 같은 이미지가 되었다.

골목을 품은 도시,

도시를 품은 영화

내가 도시와 골목에 관심을 가진 계기는 공공기관 강연에서 '도시재생과 영화'를 다루면서부터였다. 도시 전문가도 아니고 건축 전문가도 아니며, 공공활동에 관해 잘 아는 것은 더더욱 아니지만 우연찮게 이 테마를 숙명처럼 품었더랬다.

사회생태학 개척자 머레이 북친(Murray Bookchin)은 스스로 존재하는 자연을 1차 자연(first nature), 도시 마을과 같이 인간화된 혹은 사회화된 자연을 2차 자연(second nature)이라 구분하여 불렀다. 도시에서 1차 자연과 2차 자연은 거주 선택의 중요한 조건이며 매력이다. 지리적 공간과 거주형태로 인물과 지역 정서를 설명한다는 점에서 영화와 도시는 뗄 수 없는 관계다. 시대의 공기를 보여주기에 도시만큼 적절한 재료는 없다. 매체를 업고 승승장구한 사례는 영화 로케이션에도 고스란히 적용되었다. 영화 촬영지가 세간에 화제가 되자 지자체가 움직이기 시작했다. 지자체마다 앞다투어 조직과 자본을 동원해 영화계에 러브콜을 보냈다. 지역을 배경으로 찍는 영화에 제작비 지원을 내건 도시도 있다. 팸 투어를 유치해 영화공간으로 적합한 장소를 견학시켜준다. 촬영횟수에 따라 수천만 원에서 수억 원까지 지원을 아끼지 않는다. 영화가 도시와 만나 이룬 기적을 보았기 때문이다. 이 책이 시작된 지점이다.

한국영화에서 도시를 거론하는 가장 편리한 방법은 두 가지이다. 홍상수와 장률과 이창동 영화를 나열하거나, 아니면 영화를 많이 찍는 서울과 부산과 전주에 집중하는 것이다. 이들 도시는 한국영화 전체 로케이션의 70퍼센트 이상을 차지한다. 서울에서 시작해 고잔과 속초를 거쳐 춘천과 경주를 찍고 제천과 신두리와 통영까지 아우른 홍상수만큼 도시를 느슨하게, 그러나 빼놓지 않고 연결한 감독은 없을 것이다. 장률은 아예 도시 이름이 영화제목이다. 그렇다고 고작 서넛이 만든 영화로 책을 메울 순 없는 노릇. 드물게 게으른 선택이 될 것이었다. 로케이션 비중이 가장 높은 서울과 전주와 부산은 배제하고도, 이창동과 홍상수와 장률을 빼놓고도 도시와 영화를 이야기할 수 있을 거라 믿었다(그런데도 완벽하게 외면하진 못했다).

메트로폴리스가 아닌 소도시의 정서와 욕망을 헤집으려 했다. 변두리일지언정 한 시절의 찬란함은 기억하고 있었다. 한국영화와 만난 열네 개의 도시. 유명하고 거창한 이름보다는 소소한 재미로 작은 영화의 주된 소재가 된 곳이다. 도시와 만난 영화 이야기인 동시에, 영화와 만나 새로운 이미지를 얻은 도시 이야기이다. 공간이 풍경이 되고 극의 정서를 좌우한 곳을 위주로 골랐다. 그렇게 파주와 함평과 옥천과 거제와 영월과 삼척과 제천을 만났다. 여기에 몇몇 매체에 기고한 글을 재구성해 추렸고 몇 개의 도시를 추가했다. 도시가 영화와 만나 기능하는 방식에 초점을 맞추되, 영화를 만난 도시의 변화까지 간파하고자 했다. 당대 도시 공기를 제대로 담아낸 영화를 기다리는 마음이 더해졌다. 무수한 한국영화가 선택한 도시 가운데 특별히 작은 공간을 소환하는 작업은, 이른바 동시대적 공간의식을 통한 전복적인 창조성을 향해 나아가는 첫발이 될 것이다.

일찍이 아시아 최초로 국제영화제에서 수상한 구로사와 아키라는 베니스영화제 황금사자상 수상작 〈라쇼몽〉이 할리우드영화에 경도되어 일본영화의 전통에서 벗어났다는 일부의 지적에 "나는 그때 그 상이 필요했습니다. 내가 계속 영화를 만들기 위해서는 무언가 동기가 절실했지요" 하고 당당하게 어필한다. 나 또한 이 책이 꼭 필요했다. 때 이른 매미 울음과 라일락이 건넛집 담장을 넘어 더위를 알려올 때 탈고했다. 낯선 도시에서 분투한 내게 귀한 기회를 제공해준 한티재 오은지 대표와 변홍철 편집장께 감사를 전한다. 시작도 끝도 한티재라서 가능한 일이었다. 내 글의 첫 번째 독자이자 오랜 시간 지식의 우물을 함께 길어 올린 사려 깊은 친구 박시연에게 애정 담은 인사를 건넨다. 동지이자 든든한 내 편 박은경의 우정과 응원이 없었더라면 버티지 못했을 시간이었다. 언제, 누군가로부터 시작했는지는 중요하지 않다. 대구에서 영화는 가능하다는 믿음뿐이다.

대구, 네 번째 여름. 삼덕동에서

차
례

일러두기
- 글을 통해 영화 장면을 상상하고 도시 풍경과 정서를 그려볼 수 있기를
  바라는 마음에서 영화 스틸을 비롯한 이미지는 싣지 않았다.
- 이 책에서 이야기한 영화들에 관한 정보는 말미에 따로 정리해 두었다.

기차가
멈춘 자리에서
미래로 향하다

제천

"정말 더러워서 못 살겠어. 다신 내 앞에 나타나지 마요. 당신은 주둥이만 살았지, 쓰레기야!"라고 절규하는 엄지원 앞에서 연신 난처한 표정으로 일관하는 김태우 특유의 어정쩡한 태도가 낯설지 않다. 우산을 쓰고 산책로에 선 두 사람. 이곳은 어디이고 이들에게 무슨 일이 벌어진 것일까?

소설가 김연수가 여자깨나 밝히는 유명 영화감독으

로 등장하고, 김태우와 하정우와 고현정과 엄지원과 정유미를 캐스팅한 영화, 심사위원 자격으로 제천국제음악영화제에 온 영화감독 구경남이 겪는 소란스런 백일몽을 홍상수 특유의 냉소로 담은 〈잘 알지도 못하면서〉의 한 장면이다. 로케이션은 제천 시내와 영상미디어센터와 청풍리조트이다. 상영관인 TTC와 제천 인근에서도 시퀀스 몇 개를 찍었다. 중요한 것은 영화제 푯말과 인물의 언술이 없다면 이곳이 제천인지 알기 힘들다는 점이다. 김태우의 도착 시퀀스에 제천터미널이 모습을 드러내지만 그걸로 끝이다. 이후로는 방과 식당과 극장이 주요 공간인 탓에 지역성이 도드라지지 않는다. 존 포드의 모뉴먼트 밸리나 오즈의 도쿄 오피스빌딩이나 누벨바그의 에펠탑을 이야기하자는 게 아니다. 그러니까 누군가 말해주지 않으면 어디인지 알 수 없는 소도시에서 영화가 촬영됐으니 그 로케이션의 기원을 찾아보자는 것이다.

1999년 봄, 가리봉 봉우회 야유회장에 느닷없이 나타난 김영호 역의 설경구는 철로에 올라가 절규한다. "나 다시 돌아갈래!" 이창동 감독의 두 번째 영화 〈박하사탕〉은 더는 갈 곳 없는 한 남자를 통해 격동의 한국현대사를 쫓는다. 오프닝 크레딧, 터널이 끝나는 지점에서 철로가 곡선으로 바뀌고부터 영화는 김영호의 굴곡진 삶을 보여줄 것이다. 1979년, 구로동 공장근로자에서 1980년 광주를 거쳐 고문수사관을 경유하는 동안 국가와 역사가 꿈 많은 청년을 어떻게 나락으로 떨어뜨리는지를 증언한다. 설경구가 연기한 김영호는 실패한 한국현대사의 알레고리이다. 1980년 광주에서 IMF에 이르기까지 김영호의 몸을 빌려 참혹한 시대를 전시한다. 1999년 DJ정부의 국가 캐치프레이즈는 '제2의 건국'이었다. 새로운 역사가 쓰이기 위해 실패한 과거는 소거되어야 한다. 스스로 생을 마감한 남자의 20년 세월을 소환하며 받아 쓰고 복기하는 이유가 여기에 있다. 그런데도 영화는 한없이 아름답다. 러닝타임이 흐를수록 물리적 시간은 역류하여 한 사람 인생에서 가장 아름답고 순수했던 모습에서 멈추기 때문이다.

〈박하사탕〉의 백미는 철로 시퀀스이다. 이 장면은 제천 진소마을에서 촬영했다. 테스트에서만 스태프의 도움이 있었을 뿐 실제 촬영에선 기차가 가까이 오는 줄도

몰랐을 정도로 주연배우 설경구가 연기에 몰입해 얻어 낸 명장면이다. 개봉 이후 사람들은 철로 신을 찍은 장소를 찾아 나섰다. 탐방객이 몰리자 하루 한 번 완행버스가 다니던 벽지에 교통편이 증편되고 숙박시설이 생겼으며 현재는 전원주택단지도 들어섰다. 영화의 힘에 놀란 제천시는 로케이션 유치에 적극적으로 나선다. 도시 산업지형도가 변하고, 영상산업도시를 꿈꾸기 시작한 것이다.

제천시는 2004년 봄, 국제영화제를 개최하겠다고 발표한다. 대형복합상영관 하나 없는 도시가, 영화 인프라가 전무한 지역이, 영화제를 치르겠다는 건 모험이 아니라 만용으로 보였다.

2005년 여름, 그러니까 8월 10일이었다. 날짜를 정확하게 기억하는 건 그해 여름이 내게 잊지 못할 추억을 안겨주었기 때문이다. 인구 13만 명에 불과한 소도시에서 국제영화제가 열렸다. 제1회 '제천국제음악영화제'다. 프로그래머였던 고(故) 류상욱 평론가의 각별한 초대도 있었기에 다른 일정을 제쳐두고 제천으로 향했다.

내 머릿속 제천은 '석탄과 시멘트'의 도시였다. 화물

열차와 중앙선의 교차가 잦아 교통 요충도시라는 호칭 외에는 어떤 수사도 부여받을 수 없는 척박하고 외진 지역. 제천에서 국제영화제가 열린다는 소식은 충격 그 자체였다. 열릴 수 없는, 아니 열려서는 안 될 도시에서 영화제가 개최되는 것이라고 여기는 분위기마저 감지되었다.

캐치프레이즈는 '물 만난 영화 바람난 음악'이었다. 개막작은 야구치 시노부가 연출하고 우에노 주리가 주연을 맡은 〈스윙걸즈〉였다. 영화제는 청풍호반 야외무대와 제천 유일 영화관 TTC에서 무사히 치러졌다. 여름밤을 수놓은 풀벌레 소리에 맞춰 무성영화를 보았고 음악으로 밤을 지새웠으며 영화 장인들이 선사하는 아름다운 세상과 만날 수 있었다. 14년이 흐른 지금까지 내가 그해 제천을 잊지 못하는 건 제천 시민들의 미소와 친절과 세상을 떠난 류상욱 프로그래머의 열정과 전 스태프가 태양 아래서 흘린 땀 때문이다.

만약 설경구가 철길 위에 서지 않았더라면, 이창동 제작팀이 진소마을을 찾아내지 못했더라면 오늘의 제천은 어떤 모습일까. 우리는 김태우의 게으름과 엄지원의 신경질적인 하이 톤과 하정우의 능청과 고현정의 촌철살인을, 홍상수의 지리멸렬한 일상을 만날 수 있었을까. 영화제 주변에서 벌어지는 영화감독과 프로그래머와 영화인 사이의 질투와 욕망과 위선의 장탄식을 포착하기에 여름에 열리는 영화제 공간이 안성맞춤이었을 터. 〈잘 알지도 못하면서〉가 제천을 로케이션 장소로 선택한 배경이 여기에 있다.

물리적·심리적 거리는 물론이고 어떤 영화적 영향력도 가지지 못한 도시의 반란, 그러나 그것은 현실이면서 막 도착한 미래였다. 제천의 미래이고 소도시의 미래였던 것이다. 풋풋했던 가리봉동 시절로, 순수했던 과거로 다시 돌아가고 싶다고 설경구가 외쳤을 때, 제천은 미래로 향하고 있었다. 도시는 영화의 완성도를 높여주며 영화는 도시의 숨은 이야기를 찾아낸다. 그리고 마침내 도시를 바꾼다.

타고난 튼튼함
하나면
만사 오케이

함평

1984년 LA올림픽에서 대한민국 첫 번째 금메달은 레슬링에서 나왔다. 그레코로만 62킬로그램급 김원기 선수였다. 텔레비전에서 몇 번이고 재방송해주었던 결승전 장면과 조간신문 1면을 대문짝만 하게 장식한 그의 외모에서 눈에 띈 것은 일그러진 귀였다. 뭉개지고 만두처럼 부푼 귀는 레슬링 선수의 다른 얼굴이었다. 김원기가 화제가 된 건 고구마로 유명한 함평 출신이라는 점

때문이었다. 그해 여름, 나는 호남의 어느 학교를 머리에 집어넣었다. 김원기를 길러낸 함평농고이다.

함평에서 영화를 찍는다는 소문이 들렸다. 젊은 기자들은 나비축제를 찍나 보다 생각했고 더러는 고구마 관련 농민운동 역사극이 아니냐고도 했다(근대 최초의 농민운동이 일어난 고장이 함평이다). 그들보다 이른 세상을 산 내 머리는 레슬링과 함평농고를 떠올렸다. 뭐 하나 내세울 것 없는 청춘을 앞세워 뻔뻔하고 당당하게 영화를 찍어온 고봉수 사단이라면? 의심할 여지가 없었다. 해체 위기를 맞은 고등학교 레슬링부를 살리기 위한 무모한 노력을 그린 〈튼튼이의 모험〉은 그렇게 시작되었다. 레슬링 소재 영화를 찍기에 함평만 한 곳이 또 있을라고.

함평은 전라남도 서부에 위치한 군 단위 마을이다. 주민등록인구는 2019년 1월 기준으로 약 3만3천4백 명. 광주광역시와 목포시 사이에 끼어있어 광주, 목포 방면으로 인구 유출이 심한 지역이다. 21세기에 들어 함평을 널리 알린 건 나비축제이다. 전국 지방자치의 성공적 특화 사례로 정평이 난 함평 나비축제는 전형적 농촌인 함평의 인지도 상승에 크게 기여했다. 외지인도 함평군은 몰라도 나비축제는 안다. 이 시기에는 함평역에 KTX 특별열차가 정차할 정도다.

고봉수 사단 두 번째 장편 〈튼튼이의 모험〉 배경은 함평의 대풍고등학교다. 대풍고 레슬링부 선수는 충길, 단한 명뿐이다. 코치는 버스기사로 전업했고 레슬링부원이던 진곤은 노동하며 생업에 뛰어들었다. 체육관은 곧헐린다. 레슬링부도 자연스레 해체될 것이다. 예선 1승이라도 해야 레슬링부를 살릴 수 있다. 보낸 세월로만 '운동 경력 5년차' 충길의 단내 나는 레슬링부 살리기 투혼의 시작이다. 단돈 250만 원으로 만든 〈델타 보이즈〉를 들고 한국영화계에 등장한 무서운 신예 고봉수는 이전보다 여덟 배나 증가한 2,000만 원 제작비로 〈튼튼이의 모험〉에 도전한다. 수도권 위성도시에서 촬영하며 주야장천 라면만 먹었던 데뷔작과는 달리 함평 로케이션에 따른 의상비와 식비가 크게 늘어났을 것이다.

전작과 마찬가지로 B급이고 날것이며 대책 없다. 불투명한 미래 앞에서 우직한 열여덟 살을 그리는 영화에서 주목할 건 생생한 현실 묘사이다. 그러니까 고봉수의 영화가 갖는 장점인 독보적 리얼리티, 즉 누구나 알고 있으나 차마 입 밖에 내기 힘든 것을 까발리는 '위장 없는 현실투사'이다. 운동선수라면 누구나 올림픽 메달을 소망한다. 지역 예선에서 이겨 전국대회를 거쳐 대학도 가고 성공한 삶의 주인공이 되고자 한다. 충길이 5년간 운동을 놓지 않고 아무도 없는 체육관을 지킨 것도 같은 이유이다. 그런데 세상에는 오랜 노력을 단숨에 뛰어넘는 재능이 존재한다. 내가 5년 걸려 이룩한 걸 단 1주일 만에 끝내는 천재도 있는 법. 천재가 노력을 이기는 서사를 대중은 불편해한다. 대부분이 평범한 인생이기 때문이다. 영화에서 운동 경력 5년의 충길과 진곤이 허덕이는 기술을 무위도식하던 불량배 혁준은 단 하루 만에 끝낸다. "네가 오늘 처음이라서 코치님이 살살 시킨 거"라고 우격다짐해봐야 소용없다. 인정하기 싫고 정면으로 마주하기 싫은 환부를 아무렇지 않게 도려내는 것, 세상은 열심히 노력하는 자의 편이 아니라 능력자의 손을 들어준다고 말하는 것, 살다 보면 이런 세상과도 겨뤄야 한다는 것이다. 고봉수 영화가 폭발하는 지점이다.

영화 촬영지는 함평이다. 함평중학교와 함평골프고

등학교 등 읍내 일원을 로케이션했다. 레슬링으로 한 시대를 풍미한 함평고등학교는 2002년 특성화고인 함평 골프고로 바뀐다. 이렇다 할 명소 없이 미용실과 치킨집 정도가 고작인 영화 공간이 전하는 함평은 낙후되고 소외된 장소이다. "너 홍대 가봤어?" "그러는 넌 미국 가봤어?" 유의 진부하고 유치한 자존심 대결은 함평 아이들이라서 가능한지도 모른다. 그러므로 5만 원 들고 서울에 가서 장사할 거라는 혁준의 말은 고립무원인 지역성을 드러낸다. 5만 원을 장사 밑천으로 생각하는 불량배가 레슬링에 천부적 재능을 보인다는 아이러니는 '아무것도 없는' 함평이 이룬 기적 같은 올림픽 금메달의 리얼리티 앞에서 부활한다.

실상 튼튼이들에게 1승 여부는 관심사가 아니다. 만사 욕과 힘으로 해결하던 혁준이 레슬링을 배운 후로 도리와 윤리를 터득해 성장한다. 사고로 출전이 무산된 진곤의 눈물이 말하는 것도 있다. 실패했지만, 어쩌면 앞으로도 거듭 실패할지 모르지만, 그래도 씩씩하게 걸어가겠다고 다짐하는 분위기는 충길에게까지 가닿는다. 충길의 매서운 눈초리가 바라보는 지점에 걸린 사진 한 장. 영화의 시작과 끝이 김원기 선수의 올림픽 금메달 사진이 걸린 벽을 바라보는 장면인 것도 이와 무관치 않다.

김원기 선수와 관련한 일화 한 토막. 김원기는 함평농고 화원과 실습장에서 일하며 학비를 면제받던 실무장학생이었다. 힘보다는 유연성이 뛰어난 그는 타고난 레슬링 선수라기보다는 노력형이었다. 가난한 살림에 먹을 것도 흔치 않았던 시절이었다. 일본 유학파 운동선수 출신인 교장이 가끔씩 챙겨주던 폐계나 달걀은 별식이었다. 밤늦게까지 주린 배를 움켜쥐고 정신력 하나로 버티는 게 다반사였던 시절이다. 대회에 나가기 위해 양파 캐기와 모내기 작업으로 출전비를 마련해야 할 정도였다. 김원기는 LA올림픽에 함께 출전했던 이연익, 김영남(서울올림픽 금메달리스트) 등과 함께 100개가 넘는 금메달로 함평농고를 당시 전국 최강으로 만들었다. 가난을 극복하겠다는 의지와 절실한 신앙이 정신적 지주였다. 레슬링 덕분에 전남대에 진학했고, 상무부대 시절일군 올림픽 금메달은 레슬링에 목숨 걸 듯 살아온 삶에 대한 보답이었다.

〈튼튼이의 모험〉은 고봉수 영화의 확장 가능성을 보여준 의미 있는 산물이다. 그러니까 제작비가 넉넉하다면 어디까지 갈 수 있는지를 실험한 셈이다. 매끈하고 치밀하지 못한 미장센이 핸디캡일 수도 있다. 그렇다고 실망할 일은 아니다. 안산과 함평으로 이어지는 변두리 공간성이 적어도 영화에선 충분히 드러났기 때문. 특별한 공간성을 보유한 곳만이 로케이션의 대상이 되는 건 아니다. 한때 찬란한 문화를 꽃피웠으나 개발과정에서 무국적성과 무지역성의 공간으로 전락한 곳이 허다하다. 개발과 산업화와 맞바꾼 삶의 풍경은 함평도 예외가 아니었다. 그곳에서 곧 사라질 레슬링부 아이들이 땀 흘린다. 풍경은 사라져도 기억은 남을 것이다. 함평농고를 고봉수의 영화가 되살려냈듯이.

변두리의
질박함을
부탁해!

인천

어느 국회의원의 실언으로 '이부망천'이라는 용어가 한동안 인터넷을 떠돌았다. 좋은 뜻이 아니니 재삼 거론할 건 못 된다. 고백하자면 내게 인천은 바다 너머 어딘가에 있는 이국적 향수의 대상이었다. 대책 없는 낭만이 교차하는 희귀한 지명이었다. 혹은 1980년대 제법 인기를 얻은 노래 '아직도 못 다한 사랑'을 부른 솔개트리오가 출연하던 어느 밤업소가 있던 동네이고, 영화 〈반드

시 크게 들을 것〉의 배경인 부평 모텔촌과 '루비살롱'이
터 잡은 땅이다.

　중·고등학교 시절만 해도 인천이 어디에 있는지 몰랐
다. 지리 시간에 본 서울 서쪽 끝에 위치한 도시. 이것이
내가 아는 정보의 전부였다. 인천과 제물포와 부평과 부
천은 또 뭐란 말인가. 그러던 90년대 어느 날 철산동에
사는 친구를 만나러 광명에 가면서 수도권 도시의 지형
도가 필요하다는 사실을 깨닫게 되었다.

　그러니까 서울을 중심으로 서쪽에 부천과 인천과 김
포가 있고 그 전에 고척과 소사를 거치며, 북쪽으론 일
산과 파주가 있는데 중간에 탄현과 교하와 수색과 행신
이란 이름을 기억해야 한다. 남쪽으로 안양시와 광명시
가 있고 동쪽 방면에는 하남시와 구리시가 있다는 등의
시답잖은 조각을 이어 붙이는 데 골몰했다. 대체 무슨
얘기를 하고 싶어서 장황하게 서울의 위성도시를 일별
하느냐고? 인천은 바다와 항구를 제거하더라도 여타 수
도권과는 확연히 다른 풍경을 제시한다. 최초로 철도가
놓인 근대화의 상징인 인천은, 외국 문물을 받아들이는
관문으로서의 역사성과 차이나타운을 중심으로 전승된

상업성과 월미도와 연안부두의 경관을 내세운 통속성이 변두리 특유의 끈끈함과 만나 질박한 경관을 빚어낸 도시라는 것이다.

정재은 감독의 장편 데뷔작 〈고양이를 부탁해〉는 여상을 졸업하고 갓 스물이 된 다섯 명의 친구 ─ 착하고 엉뚱한 찜질방 집 딸 태희, 성공하고픈 욕망이 강한 현실주의자 혜주, 가난하지만 디자이너를 꿈꾸는 지영, 뭐든 함께 하는 쌍둥이 온조와 비류가 사회에 첫발을 디디는 과정의 혼란과 불안을 그린 영화다. 감독은 연애와 섹스를 제거하고도, 세상 문턱에서 겪는 성장통만으로 청춘영화를 만들 수 있음을 입증한다.

2001년 10월 개봉했으나 일주일 만에 종영한 후, 지역사회를 중심으로 '〈고양이를 부탁해〉 다시 보기 운동'을 펼쳐 그해 11월에 재개봉을 이뤄냈다. 도중에 영화의 배경인 인천이 지나치게 어둡고 부정적이라는 평가도 제기되었다. 인천에서도 가장 낙후된 만석고가도로 밑 지역과 신포동과 선린동 등을 주요 배경으로 삼은 데 대한 불만이었다. 즉 인천이라는 지역 정서를 담기보다 인천에서 찍은 영화에 불과한 거 아니냐는 주장이다. 인천에 살아보지 못한 나로선 인천 정서가 어떤 건지 알 수 없다. 지역 정서를 한마디로 표현하는 게 가능한 일인지도 모르겠다.

서울 토박이인 내 머릿속에 인천은 지하철 1호선 막차 시간과 맞물린다. 인천에 사는 친구는 항상 막차를 이야기했더랬다. 이 영화에도 동대문 대형쇼핑몰에 놀러 갔다가 막차를 타기 위해 질주하는 모습이 나온다. 다섯 중 증권회사에 취업해 서울로 출퇴근하던 혜주는 부모의 이혼으로 탈인천에 성공한다. 혜주에게 인천은 "지하철 열차 안에 진동하는 삼겹살과 소주 냄새" 같은 도시다. 다시는 돌아오기 싫은 암울했던 청춘의 시간을 묻은 곳. 한국영화가 〈고양이를 부탁해〉 이전에도 이후로도 공간 이동에 대해 무감각했다면, 〈고양이를 부탁해〉는 갓 스무 살 청춘들이 인천에서 서울로 오가는 고단함을 대리 체험하게 만든다는 점에서 다른 길을 간다.

영화가 시작한다. 교복 입은 다섯 명의 여고생이 연안 부두에서 고무줄놀이를 하는 장면이다. 이내 시간을 점프 컷하여 이어지는 직장인이 된 혜주의 출근. 아침부터 욕지기 난무하는 부부싸움과 파손된 채 방치된 승용차

와 서울로 가는 지하철. 최영환 촬영감독이 버드아이 숏
으로 한눈에 담은 경인선 철로와 제철소와 부둣가는 그
들이 사는 세상을 함축한다. 그들이 가야 할 곳은 남루
한 공간과 이어지는 전쟁터이거나 풍경 변화가 없는 인
근 지역이다. 시인의 집필을 도와주거나, 차이나타운에
서 수제목걸이를 팔거나, 막 실직하여 삶이 더 막막해지
거나.

공간은 사람을 규정하고 사회적 위치를 대변한다. 어
디에 있느냐, 어느 곳에 사느냐에 따라 인식과 대접이
바뀐다. 혜주와 친구들 우정이 유지 가능했던 건 학교라
는 강력한 공간성이 그들을 붙들어놓았기 때문이다. 같
은 동네에 살고 같은 교복을 입은 친구들에게 공간의 차
별이 스며들 리 없었던 것. 스스로 공간을 선택해야 하
는 성인이 되면서 우정에 균열이 발생하는 건 각자가 확
보한 공간을 기초로 사람을 구별 짓기 때문이다. 평생
복사를 하고 팩스 보내는 삶에 머물 순 없어 서울특별시
민이 된 혜주가 자본화된 세상에 적합한 인간형으로 변
신하는 것도, 가난을 이고 살다 화재로 그마저 사라진
지영이 유학을 꿈꾸는 것도 공간 변화를 통해 자신을 바

꾸고 싶은 욕망의 발로이다.

〈고양이를 부탁해〉에 관한 다양한 논박 중에서도 인천 로케이션 장소에 대한 불만이 솟구친 건 지역민의 인지상정으로 치자. 이왕이면 내 동네의 밝고 아름다운 공간을 드러내어 좋은 이미지를 심어주고 싶은 마음 말이다. 그랬더라면 영화는 주목받지도, 가치를 인정받지도, 인구에 회자되지도 못했을 터다. 세상에 던져진 아이들의 순탄치 않은 미래에 대한 불안한 심리를 맑고 투명한 공간에서 펼칠 수는 없는 법. 이미 암울하고 쇠락한 지역의 삶이 몸에 새겨지고 길들여진 아이들이라면 응당 적합한 공간의 색채를 후경으로 놓는 게 마땅한 일이다. 그 때문인지 영화에는 공간성에 대한 감독의 인식이 바탕에 깔려있다. 〈고양이를 부탁해〉가 로드무비인 까닭이다.

영화는 촬영공간에 대한 고집스런 상징이 덕지덕지 붙어있다. 예컨대 동대문 쇼핑몰까지 갈 때 이용하는 지하철 1호선의 터널은 좁고 어둡다. 그들의 앞길이 만만치 않다는 암시다. 개발되지 않은 구도심과 차이나타운과 카메라가 들어간 곳곳의 남루하고 처연한 풍경이 한 도시의 이미지로 다가온다. 꿈과 희망과 낭만으로 채색된 청춘의 판타지와 토사물처럼 뒤덮인 허름한 현실의 괴리를 어떻게 메울 것인가의 문제. 〈고양이를 부탁해〉가 여느 청춘영화와 다른 지점이다.

서울로 가는 버스 창밖으로 보이는 풍경들, 인천 개항 100주년 기념건축물이 초라하게 느껴지는 을씨년스러운 인천의 속살. 쇠락한 월미도 놀이공원에 부는 매서운 바람에 힘겨워하던 그때 그 아이들은 잘 지내고 있을까. 다섯 소녀는 숙녀가 되고 누군가의 아내와 엄마가 되었을까. 고양이 티티는 누가 키우고 있을까.

뿌리 없는 자들,
고향을
노래하다

군산

영화는 힘이 세다. 군산시 구영2길 12-1번지. 이곳은 어디일까? 도로명 주소만으로 단박에 알아차리는 거, 군산에서 태어난 토박이에게도 어려운 일이다. 이렇게 말해 보자. 시한부 인생을 사는 정원과 주차단속원 다림의 풋풋한 사랑이 시작되던 그곳. 그렇다. 〈8월의 크리스마스〉에 나오는 초원사진관이다. 초원사진관은 헐어버리기로 계약하고 지은 세트였지만 영화 개봉 이후 탐방객이 전국에서 몰려들어 군산시가 재건축하여 관리하고 있다. 그밖에도 군산을 기억할 때 떠오르는 몇 가지 이름들. 역전의 명수 군산상고와 현존하는 한국에서 가장 오래된 빵집과 유명 영화의 배경이 된 중화요리점, 그리고 2018년 지역경제를 붕괴시킨 한국GM 철수 사태도 빼놓을 수 없다.

시공간을 특유의 긴 호흡으로 버무려온 장률의 영화는 연변과 몽골과 중경과 이리와 경주를 거쳐 마침내 군산에 도착했다. 장률의 〈군산, 거위를 노래하다〉(이하 〈군산〉)는 무작정 군산에 내려온 두 남녀가 몇 사람을 만나며 겪는 여행담을 그린다. 영화 전반부는 군산에서의 이야기이고 후반부는 서울이다.

군산에서 시작해 군산터미널 도착 장면으로 끝나는 〈군산〉은 영화제목에 끌려 군산 일대 관광지를 기대했던 관객에게 국적이 혼재된 공간 군산을 보여준다. 민박집 주인은 후쿠오카에서 아내의 고향 군산으로 왔다. 박해일과 문소리는 서울에서 내려왔다. 문소리는 시인 윤동주를 흠모하고, 연변 용정 출신 윤동주는 후쿠오카 형무소에서 숨을 거둔다. 박해일의 서울 집에 있는 가정부 순희는 연변과 몽골고원을 거쳐 연희동 중산층 가정으로 온 조선족이다.

장률 감독은 조선족 출신이다. 연변대학 교수를 지내다 천안문 사태로 해직돼 10년간 아내의 돈으로 살았다. 영화감독인 친구의 부탁으로 시나리오를 써주었으나 마음 상한 일을 겪고는, 이까짓 영화 내가 직접 찍겠다고 술김에 뱉은 말을 책임지기 위해 영화를 시작한 사람이다. 한마디로 영화적 토양이 없다. 어느 쪽에도 속하지 못하는 경계인. 장률의 영화 속 인물에게 뿌리가 없는 건 이 때문일 터다. 도시가 영화제목인 일련의 영화에서 인물의 고향과 출생지는 아무런 의미를 지니지 못한다. 여기 그대로 있는 사람들, 뿌리와 무관하게 여기 있는 사람들이다. 그래서 고향이 어디냐고 물어볼 때 그게 뭐가 중요하냐고, 눌러앉는 데가 고향이라고 답하는 것이다.

뿌리 없는 사람들은 수시로 이동한다. 그렇다고 삶이 크게 변하는 건 아니다. 살기 위해 여기저기 떠돌다가 이전의 장소와 사람을 다시 만난다. 장률의 영화가 두 개의 시간을 사용하는 건 이 때문이다. 언젠가 와본 적

있는 장소에 다시 오거나 만난 적 있는 사람과 다시 조
우시키기 위해서이다. 〈군산〉도 마찬가지다. 한쪽이 겪
어야 할 시간을 다른 한쪽이 먼저 겪는 방식. 이로써 국
적과 인물과 역사가 합일하며 한·중·일 3국이 군산에서
만난다.

　1960~70년대 산업화·근대화는 굽은 길을 펴서 곧게
만들고 거리와 시간을 단축해 경제개발에 이바지했다.
유서 깊은 골목과 오래된 집은 도시개발과 함께 사라졌
다. 곡선이 직선으로 바뀐 도시엔 고층빌딩이 즐비하다.
압축성장에 따른 부작용이 드러나자 사람들은 빌딩 뒤
에 가려진 옛집과 구불구불한 골목을 생각해냈다. 그것
이 돈이 된다는 걸 뒤늦게 깨달은 것이다. 이야기가 붙
고 역사를 입힌 '근대골목'의 탄생이다. 개발에서 밀려
났기 때문에 옛 모습을 보존할 수 있었고 마침내 부활한
골목 이야기. 군산의 오늘도 크게 다르지 않다. 일제강
점기 유산이 고스란히 보존된 탓에 다양한 관광상품 개
발이 가능했고, 건축물은 영화와 TV 드라마에 더없는
배경이 되었다. 전주와 익산과 군산을 잇는 트라이앵글
은 근대·역사물 장르와 한국영화 로케이션에서 빼놓을

수 없는 장소이다.

〈군산〉은 군산 시내에서 촬영했다. 박해일과 문소리가 묵는 민박집과 칼국수 식당과 동국사와 고우당이 카메라에 잡히고, 인물의 발걸음은 해망굴과 경암동 철길 마을을 거쳐 변산반도까지 이어진다. 앞에서 거론했듯이 장률 영화는 지역성이 도드라지지 않는다. '국적이 혼재된 공간 군산'을 게시한 것이다. 그렇다고 군산이 아니어도 된다는 얘기는 아니다. 시인 윤동주와 가정부 순희의 고향인 연변과, 윤동주를 좋아하는 서울 여자 문소리와 박해일이 모인 군산은 일제강점기 시절 일본으로 군량미를 내보내던 항구가 있던 곳이었다. 장률의 군산은 어디선가 흘러들어온 사람들이 터 잡은 장소이다(칼국수 식당 주인은 이만희 감독의 〈삼포 가는 길〉에서 목포로 향하던 술집작부 백화를 연기한 문숙이다). 건물과 땅과 바다는 오래되었으되 사람은 지금 여기에 있는 것. 누구라도 합쳐졌다 나뉘고 또 갈라져 어디론가 가버리는 정주하지 못하는 자들의 도시가 〈군산〉에 있다.

흥미로운 사실 하나. 어느새 장률의 페르소나가 된 박해일은 배낭을 양쪽 어깨에 메는 법이 없다. 선뜻 머물다 미련 없이 떠날 준비가 되어있다는 듯 항상 한쪽 어깨에 걸친 채로다. 장률은 어떤 인터뷰에서 "그녀는 우리를 떠나지만 뒷모습은 남는다. 우릴 떠나지만 그녀의 소리는 다시 돌아온다"고 말했다. 〈군산〉은 군산터미널에 도착한 박해일과 문소리의 뒷모습으로 영화가 끝난다. 121분 전에 막 군산에 도착했던 그들이다. 영화는 힘이 세다.

비탄의 역사가
품은
마이너리티 찬가

영월

수양대군이 한 기생집에 찾아갔다. 기생의 남자가 온다는 소식에 도망치던 수양이 간신히 몸을 숨긴 곳은 고목나무였다. 수양을 찾던 남자가 사라지고 한 무리의 사람이 볼일을 보며 말을 나눈다. 이야기의 내용은 "오늘 버드나무가 왕을 보호하는 날일세"였다. 날이 밝고 자신이 숨었던 나무가 오래된 버드나무의 썩은 부위였다는 사실을 안 수양. 훗날 세조가 된 수양은 옛일을 생각해

그 말을 했던 사람을 찾아 벼슬을 내린다. 수양버들이라는 이름은, 한결같지 않았던 수양의 마음에 비유한 것이다. 단종의 능은 영월에 있다. 장릉이다. 산속임에도 버드나무가 유난히 많다. 왕위를 찬탈하고 목숨까지 빼앗은 수양은 죽은 조카의 무덤까지 지키며 감시하고 싶었던 걸까.

변두리 삶을 다루는 데 탁월한 재능을 펼친 이준익은 조선 광대극에서 모티프를 얻은 〈왕의 남자〉로 화려하게 재기한다. 삼류 인생이 펼치는 놀이극과 로맨스가 연산군의 인간적 면모와 만나 먼지 가득한 역사의 한 귀퉁이에서 힘차게 부활하는 순간이다. 1,150만 관객을 동원하며 빚 청산에 성공한 이준익은 가벼운 마음으로 다음 작품을 찍는다(〈왕의 남자〉 이전까지 이준익은 16억 원의 빚이 있었으나 시네마서비스 강우석 대표의 도움으로 영화를 완성하고 흥행대박으로 빚을 모두 갚는다). 힘을 뺄 수 있었던 것이다. 한때 가수왕이었으나 퇴물로 전락한 최곤과 그의 매니저가 통폐합 위기의 방송국에서 벌이는 패자부활전 〈라디오 스타〉이다.

〈라디오 스타〉는 1988년 박광수 감독의 〈칠수와 만

수〉에서 처음 만났고, 1993년 강우석 감독의 〈투캅스〉를 통해 최고의 궁합을 펼쳤으며, 1999년 이명세 감독의 〈인정사정 볼 것 없다〉 이후 7년 만에 재회한 안성기와 박중훈이 종횡무진 환상의 조합을 뽐내는 기념비적 작품이다. 그러니까 안성기와 박중훈 콤비에 대한 오마주로 시작해서 오마주로 끝난다는 것.

두 배우의 20년 파트너십에 헌정하듯, 영화는 안과 밖에 놓인 두 개의 과거를 호명하며 시작한다. 1988년 당대 최고의 가수 최곤 콘서트 장면과 가수왕을 획득하는 영광의 시절로 시작하던 오프닝 신이 미사리의 어느 카페에서 노래를 부르는 최곤의 모습으로 바뀔 때면, 그는 이미 한물간 왕년의 가수로 전락해버린 상태. 게다가 그는 궁여지책으로 지방 방송국 DJ 자리를 선택해야 하는 상황이다.

변두리로 간다는 것은 생의 실패를 상징하고 좌천을 암시하며 다시는 쉽사리 '중심'으로 돌아올 수 없음을 의미한다. 그런 점에서 단종의 유배지이면서 대도시로부터 멀리 떨어진 영월의 특수성은 대중과 소통하지 못한 채 자기 세계에 고립된 최곤의 모습과 크게 다르지 않다. 최곤은 몇 달만 버티면 다시 돌아갈 수 있으리라 믿으며 스스로를 독려하지만, 실상 영월행은 가수 인생에서 종착역이 될 터였다.

대학로 롱런 연극 레퍼토리 중 하나로 〈옥수동에 서면 압구정동이 보인다〉가 있다. 갖가지 이유로 찾아 들어온 옥수동 달동네 셋방에 모인 남녀의 각기 다른 사연을 통해 도시근대화에 적응하지 못한 변두리의 삶을 이야기하는 이 연극에서, 등장인물들은 비루하고 지친 일상이지만 사람 냄새를 맡을 수 있고 자기를 지키며 살아가는 질박한 변두리 삶의 존재를 믿는다. 이준익 감독의 믿음 역시 화려한 도심에서는 찾기 힘든 은근한 생명력으로, 속도와 시대감수성에 밀린 자들이 품은 저력에 근거한다.

대도시와 중심이 모든 것을 빨아들임으로써 사물을 객체화·획일화함에도 불구하고 정작 공간에 대한 기억을 남겨주지 못하는 반면, 변두리는 일시적으로 모였다가 흩어질지언정 그곳에서 지낸 시간을 잊지 못하게 만드는 힘이 있다. 이것은 단번에 빨려 들어가 자신을 잃어버리고 공간과 제도에 함몰되는 중심의 삶과는 달리,

자신의 정체성을 비교적 온전히 지킬 수 있는 변두리 특성에 기인한다. 변두리와 그 삶이 보여주는 질박한 정서에 대중이 더 공감하는 것은 당연한 일인지도 모른다. 그러하기에 영화는 곧잘 소박한 민심과 자연이 풍겨내는 위대한 힘을 캐스팅하며 영화의 한 축을 맡겨버리곤 했다. 변두리에도 삶은 존재하고 중심 밖의 삶도 아름답게 꽃피울 수 있다는 것을 영화는 언제나 보여주었고, 이러한 변두리의 영화적 힘은 대도시보다 우위에 있는 삶의 진정성에서 나오곤 했다. 그러므로 변방에서조차 밀려난 이들에게 자리를 펴줄 때 그들이 화려했던 과거를 앞세워 신명 나는 놀이판을 벌일 것은 자명한 일일 터이다. 〈라디오 스타〉에서 주목해야 할 것은 영월이라는 변경의 공간성이다.

두말할 것도 없이 영화의 배경은 영월이다. 이준익 감독과 제작팀은 영월에 상주하며 영화를 찍었다. 소위 올로케이션을 감행한 것이다. 2006년 당시 인구 3만5천의 소읍에 영화팀이 내려왔다. 온종일 영월 곳곳을 배회하고 산책하며 소풍 즐기듯 촬영했다. 촬영장 분위기가 얼마나 좋았는지는 시사회장에서부터 알아챌 수 있었다.

〈라디오 스타〉에서 평범한 듯 비범하게 편집된 풍광
이 하나둘 지나갈 때 즈음이면, 감독이 영화를 얼마나
유쾌하게 찍었는지를 단박에 느낀다. 이준익 감독은 중
국집 주방장으로 카메오 출연해 연기력을 뽐냈다. 그럼
에도 소도시와 서민적 삶을 아름답게 보여주기 위한 작
위적 노력은 어디에도 보이지 않는다. 배짱인가? 그렇
지 않다. 역설적이게도, 동강과 영월 곳곳이, 그리고 해
수욕장에서 서울에 이르기까지 다소 무성의하고 평범하
게 잡아낸 숏들마저 묘한 울림으로 다가온다. 이를테면
전국방송 면모를 과시하면서, 폭발적 청취율과 지역민
들의 반응이 아닌, 항공촬영으로 잡은 다양한 한국적 정
서로 대치시켜 놓고 있는 것이다. 왜 그랬을까? 숏과 미
장센은, 그 풍경의 독립적 모양새가 아니라 전후 이야기
구조와 조화롭게 연결될 때 힘을 발휘한다는 것을 감독
은 간파했기 때문이다. 더불어 풍경을 잡아낸 숏의 확장
과 확산은 곧 영화 속 라디오 방송의 호응도를 상징화한
이미지이기 때문이다. 이런 이유로 첫 방송 때 시장과
미장원과 시골버스를 보여주는 데 불과했던 영상이, 인
기가 오름에 따라, 시민과의 소통이 깊어짐에 따라(정확

히는 소심한 꽃집 총각 사연이 나오는 시점에 이르러) 영월
의 곳곳과 동강과 정선을 아우르는 파노라마를 보여주
더니, 100회 기념 공개방송과 전국으로 송출되는 방송
신에 이르면, 서울까지 그 영역을 넓히게 되는 것이다.

숙종 24년(1698)에는 현감을 지낸 적이 있는 신규
가 노산대군의 왕호를 회복하라고 상소했다. 이후 숙
종은 조정의 신하는 물론 지방관과 이미 관직을 그만
두고 초야에 있는 사람들에게까지 의견을 묻도록 했
다. 한 달 뒤인 10월에 숙종은 승정원에 비망기를 내
려 노산대군의 왕호를 추복하게 했다. 단종이 영월
땅에서 승하한 지 햇수로 242년 만의 일이다.

— 오항녕, 『조선의 힘』

노련한 주방장이 능수능란한 손놀림으로 면을 만들
때, 굵기보다 찰기를 중요하게 여기는 것은 두말할 나위
없다. 눈으로 본 것의 감흥은 순간이지만 입이 기억하
는 찰진 맛은 오래 남기 때문이다. 그런 점에서 이준익
은 장르영화의 미덕이 무엇인지를 알며 그 힘을 믿는 감

독이다. 변두리의 지역민들이 퇴물가수 최곤의 인생을 견인하고, 바닥을 향해 곤두박질치던 최곤은 폐쇄 직전의 방송국을 살려낸다. 그 지점에서 이준익은 최근 평가와 흥행 모두에서 부진을 면치 못하던 안성기와 박중훈 두 전설의 콤비를 부활시킨다. 이 모든 과정에서 영화가 대중에게 줄 수 있는 최상의 맛과 더불어 오래전 우리가 맛보고 천착했던 과거를 환기시키는 것, 이것이 〈라디오 스타〉가 이뤄낸 성취이다. 그리고 이를 가능케 하는 힘은, 20년 세월을 함께 걸어온 두 배우와 그들의 연기를 기억하는 관객 정서의 힘이면서, 또한 허허실실 관객을 웃기고 울릴 줄 아는 이준익의 힘이기도 하다.

단종의 유배지이면서 동강 때문에 환경운동의 중심으로 부상한, 그러나 여전히 지역성을 면하지 못하는 강원도 소도시는 영화의 공간이 되고, 한물간 스타의 부활처럼 생명력을 부여받는다. 안성기와 박중훈과 촬영팀이 다녀간 흔적마다 안내 팻말이 붙었고 시내 중심상가 아파트 외벽엔 두 주연배우 얼굴이 커다랗게 그려졌다. 주요 배경인 KBS 영월지국은 '라디오 스타 박물관'으로 변신했다. 다방과 꽃집과 세탁소와 시장 할 것 없이 그들의 발길 닿지 않은 곳이 없었다. 박중훈이 직접 부른 주제가 '비와 당신'은 노래방 애창곡이 되었다. 가히 변경의 부활이라 불릴 만한 독특하고 가치 있는 시선. 한국영화사상 지역 로케이션으로 이만 한 성공사례를 나는 알지 못한다. 단종이 영월 땅에서 한 맺힌 생을 마감한 지 550년이 흐른 뒤의 일이다.

●

〈라디오 스타〉 성공 이후 영월은 영화 로케이션 장소로 급부상한다. 로케이션에는 많은 영화 인력이 움직이는데, 해당 지역의 협조 없이는 불가능하다. 시군구청과 경찰서, 장소에 따라 산림청, 국토관리사무소, 항만청 같은 공공기관의 협조가 필수적이다. 영월군 수라리재에서 촬영한 〈터널〉은 당초 사고 위험으로 정선 국토관리사무소가 반대했으나 정선군이 우회도로 개설, 가포장 등 구체적인 안전대책을 제시하면서 촬영에 들어갈 수 있었다. 촬영기간 동안 우회도로 이용으로 불편을 감수해준 주민들의 적극적인 협조가 없었다면 불가능한 일이었다. 영월군은 지난 10여 년 동안 폐광 이미지 탈

피와 박물관 고장으로서의 자리매김을 위해 부단한 노력을 기울여왔다. 덕분에 영화 속 영월을 보기 위해 방문한 관광객이 많이 증가했다. 〈라디오 스타〉에 공을 돌려 마땅하다.

사랑이야 변하든 말든, 봄날은 간다

삼척

세 번을 올라야 닿을 수 있다는 땅이 있다. 산이 높고 골이 깊어 사람의 발길을 쉬이 허락하지 않는 곳. 깊고 너른 골짜기를 지닌 천혜의 요새. 태백산맥 준령과 동해 깊은 바다를 지척에 품은 땅, 강원도 삼척이다. 높고 깊어서인지 아픈 역사도 품었다.

삼척은 지리적으로 동해시와 더 가까이 있음에도 역사적으로는 울진과 한 쌍이었다. 이를테면 90년대 말까지도 삼척과 울진은 떼놓을 수 없는 세트였다. 패키지라고 불러야 옳다. 중등학교 시절 귀에 못이 박이도록 들은 '울진삼척 무장공비침투사건'이 그 발단이다. 1968년 10월 말 120여 명의 무장공비가 울진과 삼척에 침투했고, 그해 12월 말 토벌대에 의해 소탕되기까지 게릴라전을 벌인 것을 말한다. 군사정권 시절 삼척은 이름 자체로 '반공 교육장'이었다. "나는 공산당이 싫어요"라고 외친 것으로 알려진 이승복 어린이가(1959년생이니 올해로 회갑이다) 희생당한 것도 울진삼척 사건 때의 일이다.

1998년 〈8월의 크리스마스〉로 잊지 못할 데뷔 시즌을 보낸 허진호 감독은 다음 영화를 준비한다. 전작이 그랬듯 멜로드라마다. 겨울에 만난 남녀가 불같은 사랑을 하고 봄에 헤어진다는 플롯도 닮았다. 촬영을 준비하면서 허진호는 제작부에 한 가지를 당부한다. 로케이션 장소들 간의 거리를 반드시 한 시간 이내로 할 것. 그러니까 어떤 지역을 선택하든 시퀀스 배경이 되는 공간과 공간의 이동시간이 한 시간을 넘어서는 안 된다는 얘기였다. 전혀 다른 풍경이 나오는 것을 방지하는 차원이다. 예컨대 대구 동성로에서 만나 밥을 먹은 연인이 차 마시러

근처 커피숍에 갔다고 치자. 동성로 어느 식당에서 촬영한 후 커피숍 장면을 부산 남포동에서 찍는다면? 오늘날 관객은 무척 똑똑하고 눈 밝다. 장소가 어딘지 단박에 알아차린다. 정보통신의 발달로 아무리 감추고 교묘히 장소성을 제거해도 결국 드러나기 마련이다. 서사의 현실성이 떨어지고 관객의 감정이입을 방해함은 물론이다. 사랑의 속성과 연인의 내면을 관객이 이해하려면 동선에 따른 풍경도 현실적으로 보여줘야 한다는 것이 허진호의 생각이었다. 그렇게 전국을 다닌 끝에 찾아낸 장소가 강원도 삼척이다.

〈봄날은 간다〉는 지방 방송국 피디 겸 아나운서 은수와 사운드 엔지니어 상우의 사랑의 서사를 그린다. 둘은 겨울 역에서 처음 만나 소리를 녹음하러 다니는 동안 사랑에 빠지고 권태를 느끼다가 체념하고 헤어진다. 둘의 직업은 해피엔딩이 될 수 없는 조건을 내포한다. 남자는 소리를 포착해 모으는 반면, 여자는 소리를 밖으로 내보내는 사람이다. 소리를 매개로 만났지만 방향성부터 달랐다. 운명처럼 만난 듯 보이는 두 사람에게 진짜 운명은 이루어질 수 없는 쪽에 서있었다.

은수는 즉흥적이고 감성적인 사랑에 집착하는 인물이다. 첫 번째 만남에서 같이 밥을 먹는 장면. 상우가 고봉밥을 덜어가려 하자 은수는 "내가 못 먹을 거 같아요?" 하고 호기를 부리지만 한 숟갈 먹더니 다 못 먹겠다고 포기하고 밥을 덜어준다. 김치를 가져온 상우와 라면을 먹는 장면은 둘의 관계의 속성을 정확히 설명한다. 김치가 너무 맛있다며 누가 담근 거냐는 질문에 우리 아버지라고 답한 상우는 은수에게 묻는다. "김치 담글 줄 알아?" 은수는 "그럼, 못 담글 거 같애?"라고 말하지만, 아버지가 사귀는 사람 있으면 데려오라 했다는 상우 말에 태도를 바꿔 "상우 씨, 나 김치 못 담가" 하며 후퇴한다. 이 장면은 뒤에 올 북엇국 시퀀스와도 맞물린다. 밤새 술 마시고 온 은수를 위해 북엇국을 끓이지만 더 자겠다며 짜증내자 혼자 북엇국을 먹는 상우. 그러니까 은수가 생각하는 사랑은 라면은 같이 먹을지언정 김치는 담그지 않는 관계이다. 북엇국을 먹는 건 사치이고 피곤하다. 라면만 나누고 싶은 여자와 북엇국도 같이 먹고 싶은 남자가 사랑이라니. 너의 침묵에 메마른 나의 입술, 차가운 네 눈길에 얼어붙은 내 발자국, 노랫말처럼 이루어질 수 없는 사랑이다. 관계의 균열은 필연적이었다. 그러니, 어떻게 사랑이 변하느냐고 묻지 말자. 사랑의 감정도 시간이 흐르면 변한다. 계절이 바뀌고 또 다른 계절이 오듯, 사람도 사랑도 그렇게 간다는 것. 허진호가 말하는 사랑이다. 봄날이 가고 겨울이 오면 또 다른 사랑이 올지도 모를 일이다.

허진호 감독은 이영애와 유지태를 기용해 찍은 두 번째 작품으로 한국 멜로드라마의 새로운 지평을 연다. 신화적 사랑의 서사를 추구해온 이전 영화와는 달리 어떤 희망도 어떤 절망도 섣불리 단언하지 않는다. 두 남녀의 심리변화를 경유해 펼친 사랑의 속성에 대한 잔인하고 냉담한 묘사는 그를 멜로드라마의 최고봉으로 올린다. 사랑에 관해 이토록 헛헛한 시선을 보인 사례가 또 있었던가.

영화는 삼척과 강릉을 오가며 찍었다. 상우와 은수가 처음 녹음하는 장소는 양리마을 대숲이다. 맹방해수욕장과 신흥사 등이 로케이션에 포함된다. 은수의 아파트는 강릉 아파트를 빌려 촬영했다. 강릉에서 삼척까지는 차로 채 50분이 안 걸리는 거리다. 허진호가 원했던 한 시간 이내에 모든 공간이 들어왔다. 대숲 소리가 들리고 청정해안의 파도가 붐 마이크에 잡힐 때, 영화는 계절과 공간을 초월한다. 푸릇한 대숲 같던 사랑이 촌로의 노랫가락에 실린 정조처럼 통속과 체념에 무너지는 모습은 처연하다.

허진호 감독은 소리 채집에 나선 두 사람의 이야기를 무성영화처럼 전한다. 격한 움직임도 없고 감정의 파동이 얼굴과 태도로 드러나지 않는다. 그러므로 〈봄날은 간다〉를 가장 확고하게 이해하는 방법은 소리를 제거하고, 즉 무음으로 감상하는 것이다. 소리가 사라진 세상에 소리를 찾아 나선 두 남녀가 벌이는 사랑의 서사가 어떻게 진행되는지 인물의 움직임만으로도 명징해진다. 사랑이란 바로 이런 것이라고 말하는 사람, 사랑이야 변하든 말든 '봄날은 간다'고 말하는 사람이 허진호다. 발단과 전개와 클라이맥스의 자극적 서사에 익숙한 현대인에게 보내는 사랑학 개론. 〈봄날은 간다〉가 삼척의 숱한 명소를 마다하고 대숲과 해수욕장에 카메라를 들이댄 까닭이다. 흰 눈 소복이 쌓이는 날, 은수와 상우의 사랑 이야기를 찾아 삼척으로 떠나볼 일이다.

소녀의
뜨거웠던
그 여름날

옥천

도쿄대학 총장을 지낸 영화평론가 하스미 시게이코는 "영화평론가란, 감독에게 내게도 친구가 있다는 사실을 알려주는 사람"이라고 말한 바 있다. 어떤 영화를 지지한다는 건 여간 힘든 일이 아니다. 비판보다 찬사 이유를 나열하는 게 비평의 속성이라고 믿고 있음에도 말이다. 그런 점에서 비평가에게 지지하고 싶은 영화가 생긴다는 건 축복이다.

못 건디도록 감독 편에 서주고 싶은 순간이 있다. 글이 술술 풀리고 눈이 정화되는 건 주로 이런 작품과 만났을 때이다. 그 대상이 때론 하나의 그룹이 되기도 한다. 한국예술종합학교 영상원 영화과 기획전공자가 의기투합해 설립한 기획 배급사 '아토(ATO)'가 그런 경우이다. 단 두 편의 영화를 내놓았을 뿐이지만, 나는 그들의 밝은 눈과 고운 시선에 온 마음을 빼앗겼다. 2016년 윤가은 감독의 〈우리들〉이 그랬고, 2017년에는 바로 이 영화, 신준 감독의 장편 데뷔작 〈용순〉이 그랬다.

가쁜 숨을 몰아쉬며 고개 떨군 용순의 머리 위로 뜨거운 여름날 태양이 내리쬘 때, 눈부시도록 환한 햇살에 스크린이 흰색에 가깝게 변하고 있을 때, 육상전 당일 난장판이 된 교실에서 체육선생 옷자락을 힘껏 움켜쥔 용순의 손을 카메라가 포착했을 때, 그 고운 손에 미세한 떨림이 감지되었을 때, 나는 감독의 다음 영화를 기다릴 것이라 다짐했다.

〈용순〉은 열여덟 살 고등학생 용순의 유난히도 더웠던 그 여름에 관한 이야기이다. 철없지만 순수하고 용감했던 시절을 떠올리게 만드는, 유쾌하면서 가슴 아린 소동극이다. 용순의 질주하는 사랑과 우정이 전부일 정도로 영화의 내용은 단순하다.

　고등학교 2학년 용순은 불우하다. 불우하면서 불량한데 심성마저 꼬였다. 미래가 희망적이지도 않고 품은 희망조차 없는 것 같은 여고생이 여름을 견디기 위해 육상을 한다. 용순은 체육(아이들은 체육선생을 '체육'으로 부른다)을 좋아하고 체육과 영어선생은 연애를 시작하는 단계다. 놓칠 수 없고 놓고 싶지 않은 첫사랑이다. 어떻게 붙잡아둘 수 있을까. 감독은 용순에게서 치기 어린 소녀감성을 빼버린 대신 전투력을 증강시킨다. 상대가 선생이니 성취의 강도는 배가될 것이고, 진다 해도 크게 창피할 일은 아니다. 빤한 플롯과 스토리가 고작인데도 영화는 온통 귀엽고 신선하다.

　영화는 복잡하고 다양한 인물관계망은 제거해버리고 오직 용순의 사랑 투쟁기에 몰두한다. 청춘물의 클리셰로 등장하는 입시 문제는 언급하지 않는다. 지겹도록 길었던 그 여름에, '태어나서 처음으로 끝까지 붙잡아봤던' 어떤 사건이 있었다고 고백할 따름이다. 때론 청춘에게 입시보다 더 중요한 것이 있다고 말할 때, 감독은 충분한 개연성을 바탕에 깐다. 서사의 일원화 전략이다.

서사는 상부와 하부로 나뉜다. 체육을 쟁취하려는 용순의 노력이 상부 서사를 이룬다면, 하부 서사는 체육과 영어선생의 연애와 아빠와 새엄마 관계를 향한 끝없는 견제이다. 그래서 용순은 두 사람과 싸운다. 엄마 자리를 대신한 새엄마와 체육의 연인인 영어선생. 이 지점에서 하부 서사가 생겨난다. 용순이 극복해야 할 진짜 대상인 (자신과 아빠를 떠난) 엄마가 그것이다. 용순의 모든 행위는 하부 서사에 근거한다. 옷이라도 붙잡고 늘어졌다면 어찌 됐을지도 모를 엄마와의 생이별은 용순에게 삶의 증언으로서의 외상적 기억을 안겼다. 첫사랑을 따라가는 엄마에게 매달리지 못한 과거의 기억이 오늘의 투쟁을 견인한 것이다. 왜곡된 추억과 말해지지 않은 진실을 알게 된 순간, 용순의 투쟁대상은 소멸한다. 떠나간 엄마는 용순에게 '오래된 미래'였던 셈이다. 엄마를 대신한 새엄마 에바를 경멸했고 체육을 빼앗은 영어선생을 응징의 대상으로 삼았을지언정 용순이 진짜 원한 건, 떠나지 않고 그 자리에 있어주는 것이었다.

내가 〈용순〉을 주목하는 건 그해 여름날의 소동극은

실패했다고 증언하기 때문이다. 청춘을 모델로 삼은 많은 영화가 취해온 전략, 즉 학교·가족공동체와 불화하는 아이들의 성장통을 그리거나 청춘의 비루하고 고단한 일상을 드러낼지언정 희망의 불씨를 찾으려 기를 썼다면, 〈용순〉은 대놓고 실패한 투쟁에 대하여 이야기한다는 것이다. 심지어 몰입한다.

그렇다! 영화는 오직 체육을 좋아하고 집착하며 인정 투쟁에 이르는 과정에만 집중한다. 고등학교 2학년 여학생의 잡다한 관심사 중에서 연애 하나를 콕 집어 서사를 끌어간들 문제 될 일은 아닐 터. 오래전부터 영화는 실패한 사랑과 금지된 욕망에 주목해왔다. 여고생이 체육선생과의 사랑에 성공한들 뭘 어쩌겠는가. 그것은 리얼리티의 정점이 아니라 일그러진 사생활이고 불장난에 불과하다. 영화적인 그림이 나오기 힘들고 드라마적 재미가 떨어진다는 얘기다. 용순의 실패가 당연한 까닭이다.

선생님을 짝사랑한 여고생이 연적과 결투 끝에 패배하여 제자리로 돌아가기까지의 과정, 그것은 사회적 질서에 편입할 수 없는 용순의 한계를 드러낸다. 임신으로 오인하여 노심초사하던 그녀의 팬티에 생리혈이 비칠 때, 승부는 예견되었던 것이다. 역부족이어서 결국 고개를 떨궈야 했더라도 처음으로 누군가를 붙잡기 위해 안간힘 썼다면 그것으로 족한 일일 터인데, 종종 영화는 실패를 실패 아닌 것으로 둔갑시키려 무리수를 쓰기 일쑤다. 관객의 눈으로 '식별 가능한 희망'이어야 한다는 강박감이 불러온 결과다.

용순과 영어선생의 대치를 바라보는 가족의 딜레마는 곧 관객의 딜레마이기도 하다. 용순의 승리를 응원할 것인가, 영어선생의 정당한 교권을 지지할 것인가. 경찰이냐 범죄자냐를 선택하는 문제가 아니다. 학생이 선생을 이겨서는 안 된다는 법도 없지만 〈용순〉은 경우의 수가 복잡하다. 용순이 이길 경우 공교육의 본령이 무너지고, 선생이 이긴다면 아이는 절망과 좌절의 나락으로 떨어질지도 모른다. 양자 모두 큰 상처를 피할 길이 없다. 감독 또는 관객이 어느 쪽에 서더라도 용순을 지배하는 하부 서사의 존속은 필연적으로 보인다. 하부 서사가 건고할수록 용순의 집착은 심해지고 새엄마와의 관계회복은 요원해질 것이다. 뒤틀리고 비뚤어진 청춘을 제자리로 돌려보낼 절호의 기회를 놓치게 된다는 얘기다.

영화는 선생의 손을 들어준 것처럼 보인다. 그럼에도 담임선생의 지도방침에 순순히 따르던 용순의 새엄마가 선생을 쓰러뜨린 장면은 흥미롭다. 새엄마 에바는 용순의 뺨을 향해 날아오는 선생의 손을 온몸으로 막고 밀어붙임으로써 피니시블로(finish blow)로부터 용순을 구해낸다. 하부 서사에 적극적으로 개입하고 균열을 끌어낸 에바가 가족의 일원으로 편입되는 순간이다.

한편 〈용순〉은 실패를 유쾌하게 돌파한다. 용순을 제외하곤 모두가 즐겁고 낙천적인 사람들이다. 미행에 실패하고 치기 어린 장난이 간파당해도, 오토바이가 논두렁에 빠져도, 누구 하나 심각하지 않다. "이젠 너도 웃는 거 하고 살았으면 싶다"라고 아빠가 말할 때, 영화는 진지하고 심각한 얼굴로 열여덟 청춘의 여름을 막 통과한 용순을 내보인다. 집과 학교 모두에서 투쟁한 용순이 여고생이자 딸로 회귀하는 순간이자 여타 청춘영화가 성패를 제시하는 방식과 다른 길을 걷는 지점이다. 실패를 실패로 보여주되, 소동극의 원형이 되는 과거사를 온전히 드러냄으로써 묻어 흘러갈 수도 있었던 '계모 서사'에서 완전히 빠져나온다는 것이다.

단조로운 플롯을 지탱하는 힘은 감독의 재능에서 비롯되었다. 귀에 감기는 대사와 캐릭터의 힘으로 묘파한다. 찰진 충청도 사투리에 귀가 반응할 때마다 '이 감독은 대사의 묘미를 아는 사람이구나' 느낄 수밖에 없다. 대전을 중심으로 천안과 옥천 일대에서 사용하는 사투리로 구성했으되 아이들과 어른들이 구사하는 사투리 농도가 서로 다르다. 학교에서의 대화는 표준말과 사투리를 겸용함으로써 언어에 민감한 사춘기 여고생의 정서를 반영하는 등, 세밀함이 빛난다. 그 때문에 투박하고 어눌한데 서툰 법이 없고 과하지도 않다. 잰 체 난 체하지 않으며 묵묵히 제 할 일을 하는 캐릭터가 있을 뿐이다.

사진 찍을 때, 피사체의 조도와 각도 혹은 기계와 장비 사용법을 익히는 건 기술과 테크닉의 영역이다. 이 일을 잘하면 훌륭한 사진기사가 된다. 그렇다면 무엇을 담을 것인가? 이것을 아는 사람이 예술가이다. 자신이 말하고 싶은 세상을 잘 담아내는 사람을 우리는 훌륭한 사진작가라고 부른다. 영화감독도 다를 바 없다. 배우의 감정을 대사로 처리할지 표정으로 처리할지, 원 숏으로 보여줄지 아니면 리버스 숏을 붙일지를 결정하는 게 연출자가 할 일이다. 미적 감각에 직관을 보태어 만들어가는 사람, 그것이 감독이다. 확신이 들지 않는 숏은 버릴 줄 알아야 하고, 과도한 욕심을 버려야 한다. 〈용순〉의 미덕 중 하나는 숏의 낭비가 드물다는 점이다. 알뜰하게 찍고 깨끗하게 붙여놓았다. 이처럼 신준 감독은 실패한 성장담으로 멋진 데뷔작을 내놓는 데 성공한다.

영화는 충북 옥천군 일대에서 촬영했다. 옥천에 뭐가 유명하지? 통속적 질문에 '제빵왕 김탁구'라고 답해도 흉이 되진 않을 것이다. 그만큼 그 드라마는 대단한 인기를 구가했고 촬영지인 청산면엔 관광객이 몰리기도 했다. 그리고 〈용순〉이 옥천의 아름다움을 맘껏 펼쳤다.

영화에 등장하는 옥천은 작은 시골 소읍으로 비친다. 인상적인 풍광 로케이션을 제외하면, 연적이 된 영어선생과 담판 짓는 치킨집이 유일하다. 전형적 시골 이상도 이하도 아닌 지역. 그렇다고 농촌과 고향의 이미지를 담으려 애쓰지도 않았다. 단 하나의 풍경이면 충분했다.

바로 용순과 친구가 장래희망을 나누는 시퀀스와 엔딩에 롱 숏으로 등장하는 강가이다.

아름답고 아늑하며 인상적인 엔딩에 등장하는 강가는 옥천군 안남면 지수리 대청댐 상류다. 연출을 맡은 신준 감독은 "어릴 적부터 부모님을 따라 옥천에 종종 나들이를 왔었다. 지금껏 살아오며 난 옥천만큼 수심이 얕으면서 탁 트인 경치를 자랑하는 장소를 본 적이 없다. 비록 사춘기라는 격랑의 시기를 다루고 있지만, 옥천의 잔잔하면서도 얕은 강물이 용순 같은 사춘기 아이들의 심리를 잘 대변해준다고 생각했다"며 인상적인 극중 로케이션 선정 이유를 밝혔다. 특히 "옥천 강가는 주말에 놀러 가던 추억의 장소였다. 물이 훤하게 들여다보일 정도로 맑고, 송사리 떼가 가득하며 온갖 색의 자갈이 펼쳐져 있는 광경. 주위에는 산줄기와 하늘밖에 보이는 것이 없는 '거대한 휴식처' 같은 공간"이라고도 말했다. 감독 유년 시절 추억이 담긴 로케이션은 의심할 바 없이 완벽했다. 온통 답답한 환경에 둘러싸인 용순과 친구들에게, 그래도 얕은 강물은 학창시절을 안전하게 건널 수 있으리란 믿음의 발로이다.

누구에게나 일생에 절창은 하나씩 있다.

— 황석영

실업게 여고생의 척박하고 아슬아슬한 현실을 판타지로 그려낸 장희철 감독의 〈눈이라도 내렸으면〉에서 선우를 둘러싼 세상이 그랬던 것처럼 〈용순〉이 그려낸 세상 또한 높은 담 너머에 있다는 걸 확인시켜줄 뿐이지만, 그해 여름 뜨거웠던 용순의 분투는 삶의 자양분으로 남게 될 것이다. "뭘 하나 끝까지 해본 적이 없는" 아이가 자기가 좋아하는 것을 놓치지 않기 위해 온힘을 다해 움켜쥐기 시작했고, 가정과 학교라는 공동체 질서를 넘어서려던 열여덟 용순은 그렇게 여름을 포월(匍越)했다. 용순의 절창은 필사적 안간힘이었는지도 모른다. 〈용순〉은 엄청나고 괴물 같은 데뷔작은 아닐지라도, 우리가 기억해야 할 이름으로 신준 감독을 거론하게 될 영화임에 틀림없다.

●

그날 사건 이후 용순이 어떻게 되었는지 모른다. 기껏

해야 새엄마와 화해하고 영어선생과 불편한 관계를 유지하면서 학교를 졸업했을 것이다. 다음 이야기가 궁금하지만 이미 감독이 준비하고 있을 거란 확신이 든다. 성공담이 아니어도 무방하다. 어디선가 잘살고 있다면 그것으로 족할 테니까. 영화의 마지막, 유난히 더웠던 그해 여름을 담담하게 이야기하고 스크린 너머로 사라지는 용순의 뒷모습에서 차라리 나는 안도한다. 청춘과 초록과 여름은 이토록 치열하다. "용순아, 머리 들어! 머리 들어야지!"

욕망 가득한
점묘화로 쓴
도시 서사

파주

　파주가 원래 안개로 유명한 도시였나. 박찬옥 감독이 7년 만에 내놓은 영화 〈파주〉 시사회 당시, 보도자료 첫머리엔 '안개가 많은 도시 파주'라고 적혀있었다. 일산·파주에 사는 지인에게 물어봐도 파주를 안개와 결부 짓는 이는 없었다. 안개처럼 형체가 불분명한 인간 내면을 그려내겠다는 심산인 걸까. 안개를 생각하면 먼저 떠오르는 영화는 김수용 감독의 1967년 작 〈안개〉이다. 김승

옥의 단편 「무진기행」이 원작이고 정훈희의 노래 '안개'를 주제가로 쓴 그 영화. 작가는 자기 고향 순천을 떠올리며 무진을 그렸지만 김수용은 촬영장소로 김포를 선택한다. 그런데 파주가 안개의 도시라니. 궁금했다.

〈파주〉는 어둑한 새벽 택시에 몸을 싣고 도시로 들어오는 신으로 시작해 안개를 뚫고 도시를 떠나는 장면(오프닝에서 장항·파주 톨게이트를 덮은 매혹적인 미명에 끌려 파주에 다녀올 뻔했다)으로 끝난다. 노무현과 김대중이라는 '386세대'의 버팀목이 사라진 시대에, 개발독재 시기 신화적 기업가가 대통령이 된 시대에, 박찬옥은 안개 자욱한 파주에서 길 잃은 중식의 행로를 통해 심리적 은신처를 갈망하며 존재증명에 발버둥 치는 운동권 지식인의 초상을 노정한다. 서울과 멀지 않으나 도회적 삶과 유리된 채 점액질 같은 욕망으로 채워진 소도시, 밝고 투명한 수채화가 아닌 점묘화에 가까운 공간. 시대적 배경과 도시개발의 역기능이 뒤엉키면서 종잡을 수 없는 방향으로 가는 영화의 후경으로 파주를 선택한 이유가 여기에 있다.

도시는 일정한 성격의 활동들이 지속적으로 일어난

다. 지속된 활동을 통해 장소에는 일정한 성격의 기억이 새겨진다. 이렇게 집단 기억이 층층이 쌓여 어느 도시, 어떤 장소만의 특별한 분위기와 성격을 부여해주는 것을 '장소성'이라고 한다. 장소성에 새겨진 기억을 엮으면 하나의 커다란 이야기가 만들어진다. 그것이 도시의 '서사'이다. 오늘날 역사적 도시에 사는 사람들은 서사 위에 새로운 기억을 쌓는 또 다른 주인공이다. 그들이 가끔 찾아가는 도심 건물에도, 일상적으로 걷는 골목에도 나름의 이야기가 깃들어 있다.

반면 이 영화가 포착한 파주는 도심 재개발 중심에서 이야기가 만들어지고 해체되기를 반복 중인 애매한 공간이다. 인물들은 이리저리 옮겨 다니기 일쑤고 폐허에 가까운 공간에서 거칠어진 마음을 붙잡아놓을 기억이 없다. 은모 자매는 '부모님이 물려주신 집'이라서 떠나지 못하고, 중식은 '이젠 서울에 갈 수 없어' 남았으며, 다른 철거민은 중식의 유창한 설득에 주저앉았을 것이다. 이들에겐 장소성에 근거한 사무치게 그리운 무언가가 없다. 중식도, 은모도, 나이트클럽 사장도, 농성 철거민도 모두 파주의 안개 속에서 부유하는 까닭이다.

로케이션은 파주 시내를 비롯해 문산과 연천군 전곡리 일대에서 이뤄졌다. 주된 공간에서 멀지 않거니와 파주와 유사한 풍경을 만날 수 있기 때문이다. 흥미로운 건 촬영감독 김우형의 카메라이다. 모든 것을 지켜보겠다는 듯이 고정된 카메라는 의뭉스럽다. 철거민과 건설 용역의 대치 상황에도 카메라는 요동치지 않는다. 오히려 차분하게 트라이포드에서 상황을 주시할 뿐. 마치 채증용인 것처럼, 혹은 〈오래된 정원〉에서 지진희가 탄 버스를 바라보는 염정아를 트래킹 숏으로 포착한 카메라처럼(역시 김우형이 카메라를 잡았다). 안개로 인해 드러났다 감춰지기를 거듭하는 물체처럼 은모 앞의 중식은 베일에 싸인 인물이다. 오직 카메라만이 중식의 전모를 알고 있을 뿐이다.

박찬옥이 내세운 중식은 철저한 은둔자인 동시에 주거지의 안온함과 불안을 함께 안고 살아갈 운명을 타고난 인물로 보인다. 그는 거리에서 외치는 법이 없다. 외부에 모습을 드러내며 벌이는 투쟁이 아닌 자신의 거점을 확보한 후 그곳을 발판 삼아 일을 도모하는 전형적인 파르티잔이다. 거리에 설 수 없는 자, 그러니까 자기 공간에서 한 발짝도 움직이지 않으려는 인물이 중식이다 (그는 도로에서 커피를 팔 때에도 천막 밖으로 나와 호객행위를 하지 않는다). 수배 시절의 불안과 조심성이 몸에 밴 탓인지 어떻게 해서든 공간을 확보하려는 그의 생존법은 은수와의 결혼으로 이어지고, 처제 은모의 연정을 싹틔우도록 기능한다. 부모님이 물려준 집을 지켜야 하는 자매와 공간을 확보해야 하는 운동권 지식인의 이해타산이 딱 맞아떨어지는 곳으로, 개발의 소용돌이 속에 불온한 욕망이 들끓는 파주를 선택한 것이다.

세 명의 여자가 중식과 관계했고 그를 기억하거나 사랑했으며 그에게서 떠나간다. 마침내 중식에게 새겨지는 가장 더러운 인장. 즉 '사랑하지 못했던' 아내의 집에서 '아무것도 아닌' 첫사랑과 함께 일을 도모하던 자에게 씌워진 '보험 사기범'이라는 불명예다. 조국통일과 정의와 평등을 부르짖던 운동권 지식인에게 이보다 가혹한 형벌이 있을까? 사랑 없는 이념과 대의는 이토록 허약하고 속절없다는 것. 그날 은모가 물었을 때 중식은 사랑한다고 답했어야 했다. 〈파주〉는 1960년대에 태어나 80년대를 살아온 감독의 자기성찰이자, 아직도 스스로의 감옥에서 빠져나오지 못하는 지식인 앞으로 배달된 고해성사표이기도 하다.

대단할 것도 거창할 것도 숭고할 것도 없는 단조로운 이야기를 스릴러가 견인하는 멜로드라마 〈파주〉는, 정주할 공간은 찾았으되 마음을 안착시키지 못한 남자를 지켜보는 세 여자의 사적 증언이다. 전통이 무너진 공간에서 새로운 서사를 쓰려 한 중식은 실패한다. 자신만이 세상을 통찰한다고 믿는 중식의 교만은 감옥 안에서도 변하지 않는다. "조금 겪어봤는데, 은모는 그냥 모르는 게 더 나을 거 같아요."

호반의 도시에서 찾은 이타적 헤픔의 미학

춘천

　춘천에 가면 닭갈비와 막국수를 먹어야 한다고 했다. 시간이 되면 청평사에 다녀오라고도 했다. 친구와 동료는 물론 매체들까지 나서 닭갈비와 막국수 타령이었다. 춘천에 한두 차례 갔지만 닭갈비를 먹은 적은 없다. 막국수도 먹지 못했다. 닭갈비와 막국수는 도시 변화가 먹자골목이나 집 근처 식당에서 먹은 게 고작이다. 닭갈비가 다 거기서 거기지, 뭐 특별할 게 있을라고. 역시나! 내

말이 맞았다. 춘천을 배경으로 한 몇 안 되는 한국영화에서조차 닭갈비는 등장하지 않았다. 닭갈비는 아무 데서나 먹어도 되는 음식이었다.

사람들은 춘천을 '호반의 도시'라고 불렀다. 도시 한 면이 의암호와 맞대고 있어서다. 학창시절 청량리역에서 경춘선을 타면 기차는 팔당과 양수리를 지나 북한강을 거슬러 달렸다. 그렇게 만나는 대성리, 청평, 가평, 강촌으로 이어지는 엠티 코스의 종점에 춘천이 있었다. 한국전쟁에 참전한 에티오피아 참전비가 세워질 무렵 그 나라 특산물을 알리기 위해 누군가가 열었다는 커피숍 '이디오피아'도 공지천 쪽으로 창을 냈다.

진짜 이상한 가족이 있다. 느닷없이 나타나 누나보다 연상인 여자를 아내라고 집으로 데려온 남동생, 전 남편의 전 부인이 낳은 딸을 내 자식처럼 키우는 엄마. 엄마가 유부남과 외도해 낳은 남동생을 키운 누나. 어떻게 돌아가는 형국인지 온통 뒤죽박죽이다. 완고한 가부장제 사회에 길들여진 사람은 납득하기 어려운 조합이다. 가족으로 받아들이기 힘든 환경인데 모두 가족이 된다. 어떻게 가능할까. 결론부터 말하자면 '이타적 헤픔'이

가득해서다. 김태용 감독이 연출한 〈가족의 탄생〉이다.

〈가족의 탄생〉은 '완성도면'과 같은 영화이다. 하필 완성된 건축물이 아닌 완성도면이라는 표현을 쓴 이유는, 도면조차 완성하지 못한 상태에서 시공을 거듭한 한국영화 속 가족주의에 대한 비판과 더불어, 비록 건물은 완성되지 않았지만 이제야 제대로 된 도면을 만났다는 가능성에 대한 상보적 영화 읽기가 필요하기 때문이다 (그간 한국영화 중 상당수가 가족과 가부장제, 여성과 근대 가족의 권력성 등 가족주의를 이루는 사회·정치적 담론을 배제한 채 드라마의 극적인 반전 수단이나 신파 도구로서 가족주의를 강박적으로 사용해왔다). 가족주의에 대한 충분한 고민과 자기반성을 통한 새로운 실험임을 참작할 때, 이 영화는 완성도면으로 평가받기 충분하다. 물론 도면 완성이 건축 완성으로 이어지지 않는 것과 마찬가지로, 〈가족의 탄생〉 역시 '도면 완성을 통해 보여준 가능성'과 '도면에 그칠 수밖에 없는 한계'를 모두 지니고 있기도 하다. 하지만 시공 과정에서 설계 변경을 통해서도 건물이 완성되듯, 이후에 만나게 될 가족영화에서는 보다 이상적이면서도 실현가능한 가족의 풍경을 보게 될 것이라는 믿음을 갖게 하는 것, 이것이 〈가족의 탄생〉이라는 도면이 지닌 진정한 가치이다.

한국사회에서 가족이란 모든 것을 가능케 하는 집단이다. "우리가 함께할 땐 두려울 것이 없었다"는 문구처럼, 가족 품 안에서는 못 이룰 것도 수용되지 못할 것도 존재하지 않는다. 가족이란 단어는 한국사회에서 가장 큰 포용성을 지닌다. 동시에 한국사회에서 가족만큼이나 문제가 많은 집단도 드물다. 이것은 비단 가족 구성원 중 문제아가 있다거나 가족의 화합을 해치는 사람으로 인해 벌어지는 가족사적 비극을 말하는 것이 아니라, 가족이라는 단위가 가지는 사회·정치적 권력구조를 의미한다.

한국사회에서 가족이 가지는 절대 권위는 곧잘 권력화의 도구로 이용되어 왔다. 외적으로 연좌제, 내적으로 가족세습이 그렇다. 이는 해방 이후 한국사회 속 가족의 분열과 단합을 심화하는 기제로 기능해왔다. 동전의 양면과도 같은 두 가지에서 파생된 폐해들은 각기 다른 양상을 이루며 지속된다. 연좌제에 따른 가부장제 강화를 통한 가족 구성원의 정치적 동질감을 끌어내려는 정치적 측면, 부의 세습으로 인한 불평등 구조 심화를 야기하는 경제학적 측면, 가부장제 폐해로 인한 인권 유린과 관련한 페미니즘 차원, 그리고 가정폭력으로 인한 가족의 와해와 해체가 야기하는 사회복지 문제가 그렇다. 진짜 문제는 가부장제로 대변되는 한국의 가족주의 폐해가 여기서 끝나지 않는다는 점이다. 남성의 권력독점으로 귀결된 프랑스혁명이 보여준 것과 마찬가지로, 한국 가족주의에서 여성의 위상 변화는 굳건한 보수주의 앞에서 번번이 가로막혔다.

　우리 사회는 여성 역할의 증대와 가족 가치관 변화를, 가족해체를 불러오는 원인 중 하나로 파악하고는 시대 변화 자체에 공포감을 드러내는 오류를 저질러왔다. 이러한 배경에 가부장제 수호 의지가 자리하고 있음은 물론이다. 가족해체는 기계화, 산업화한 사회구조 속에서 자본주의 속성으로 물신화한 인간의 사고형태가 합리적이고 경제적인 방향으로 선회하는 것에서부터 시작하였다.

　〈가족의 탄생〉은 성 역할이 해체되는 시대가 배태한 가부장제의 굴욕적 패퇴와, 패퇴 직전에 놓인 가부장의 안쓰러운 몸짓 사이에서 유쾌하게 줄타기한다. 아버지의 핏줄이 강한 한국사회에서 부계를 정식으로 거부하고, 가부장을 초월한 여성연대를 그린다. 권력 없는 모계 가능성까지 희미하게 품었다. 더욱이 가족이란 이런 것이다, 가족은 이래야 한다, 라는 계몽적 언술과는 애초에 궤를 달리한다. 우리는 〈가족의 탄생〉을 통해 가족의 통념이 일그러진 세상을 보아야 하고, 허울 좋은 관용의 쇠락과 가부장적 부계사회의 몰락을 감지해야 한다.

가정 안에서 가족 구성원의 허물과 공과가 무한정 수용되거나 일체화를 이루던 시대는 사라진 지 오래다. 자기 영역을 보존하기 위한 제도화를 통해, 이성애가 아닌 동성애, 조강지처가 아닌 첩, 법적인 부부가 아닌 불륜의 남녀관계를 선 밖으로 밀어낸다. 그것들은 '명백히 부도덕'한 것들로 낙인찍힌다. 이전의 영화들이 낭만적 사랑에서 가족으로 이어지는 선 안의 삶을 비판하거나 '명백히 부도덕'하고 폭압적인 남성을 내세워 일상에 저항하고자 했다면, 〈가족의 탄생〉은 그러한 저항과는 궤를 달리하면서 유머러스한 체념의 미학을 가감 없이 보인다.

　요컨대 성찰성이나 유연성 없는 지금의 틀에서 제도 밖 삶이란 불가능하다. 제도 안에서 우리는 부모와 자식, 여자와 남자, 아내와 남편으로 주어진 삶을 살아갈 수밖에 없다. 현실이 그렇다고 하더라도, 〈가족의 탄생〉은 자칫 말해질 수 없는 것, 특별한 개인적인 것으로 치부되거나 판타지화되기 쉬운 가족주의에 대하여 철저하게 여성의 시각에서 공론화하고 비판한다. 비록 이 영화가 가부장제 가족주의를 제거한 채 출발했다는 한계를 드러낼지라도, 권력이 없는 모계사회의 가능성을 타진함으로써 가족을 이루지 않은 자유로운 삶을 통해 가족·사랑·젠더 패러다임을 다시 짜려 하기 때문이다.

　〈가족의 탄생〉은 미시적으로 사적인 친밀성의 영역에 새로운 의미를 부여할 뿐만 아니라, 거시적으로는 근대의 막다른 길목에서 소통의 가능성을 잃고 부유하는 가족 구성원을 전경화해 21세기 한국사회와 가족주의에 대한 비판도 함께 행하고 있다. 근대 비판의 맥락에서 여성의 삶을 재구조화하고, 대안가족의 모델을 제시하려는 이 영화의 시도는 그래서 값지다. 극도로 현실적이면 불편하고, 지나치게 이상적이면 동화적으로 오인되는 가족주의 영화들 틈바구니에 놓인 〈가족의 탄생〉이야말로 불완전성으로 성취 가능한 최상의 완성품이 무엇인지를 보여준 드문 사례이다.

〈가족의 탄생〉은 춘천 약사동 주택가의 빈집을 3개월 동안 임대하여 첫 번째 에피소드 대부분을 촬영하였고, 우두동 소양초교 후문과 소양강과 소양강댐 일대에서도 촬영을 진행했다. 춘천의 공기와 흙에서 풍겨 나오는 바로 그 사람 사는 냄새가 스크린에 담긴 건 이 덕분일 터이다.

엄태웅이 그랬고 정유미가 그러했듯이, 영화 속 춘천은 떠난 자가 다시 돌아오는 어머니의 품과 같은 이미지로 그려진다. 춘천은 영화의 시작과 끝에 등장하는 장소적 배경 이상으로 커다란 의미, 이를테면 우연한 인연으로 만난 타인들이 혈연관계보다 더 진한 가족공동체를 이루는 따뜻한 '정'의 고장으로 대변된다. 춘천이 물의 도시인 것과 무관치 않다. 생명의 근원인 물이 도시를 휘감은 춘천은 재생과 재회의 공간으로 꼭 맞아떨어졌다.

오래전 뱃길이 끊기고 도시 지형도가 바뀌며 물의 도시에서 멀어진 춘천이지만 여전히 춘천은 물 위에 낭만을 띄우기 제격인 도시다. 그래서일까, 홍상수 감독의 〈생활의 발견〉 오프닝, 춘천에 사는 성우는 "너 춘천에 한번 내려와, 우리 옛날에 추억이 많잖아. 내가 알아서 다 해줄게. 정말이야, 춘천에 좋은 사람들 정말로 많아"라며 후배 경수를 춘천으로 부른다. 춘천에는 소양강 처녀만 있는 게 아니라, 천사 같은 미라와 넉살 좋은 무신과 헤픈 이타심으로 무장한 채연과 순수하고 어수룩한 경석도 있었다.

고래,
근대의 신으로
다시 태어나다

울산

승희에게, 너가 떠난 지 벌써 2년이 지났어.

그때 너가 내게 말했지, 신을 찾고 싶다고.

내겐 큰 충격이었고, 정말 힘든 시간이었어.

날 버리고 그렇게 무당이 되는 것이

우리에게 닥친 문제를 회피하는 거라 생각했어.

그래서인지 너가 떠나고 난 후 나만의 신을 찾고

싶었어.

언젠가 너가 그렇게 찾아 나서고 싶다던 그 신보다
더 구체성 있는 신을 찾아 너에게 보이고 싶었어.

신비한 경험이다. 새로운 시도였고 황홀한 체험의 순
간이었다. 전례를 찾기 힘들다. 서간체로 시작하며 한
국 다큐멘터리의 새로운 지평을 연 박경근 감독의 〈철의
꿈〉은 새로운 신을 찾아 떠난 옛 연인을 호명하는 것으
로 시작하는, 오늘날 신의 기원을 찾는 영화이다.

엉망진창인 역사 속에서 숭고한 무언가가 존재한다
고 믿은 사람이 있었다. 오래전 조상이 섬긴 신의 흔적
이 남은 땅에서 그들은 근대화의 신을 만들었다. 박경근
은 고대의 신 고래와 현대의 신이 만나는 장소로 '울산'
을 지목한다. 한국에서 가장 오래된 암각화가 있는 곳.
물에 잠긴 반구대에는 고래 그림이 남아있다. 한국경제
개발의 증인이자 자동차와 중화학공업 도시인 울산에
서 인간이 신을 만들고 섬기는 과정은 곧 근대화의 역사
였다. 1970년대 현대중공업 공사 현장을 보여주는 파운
드 푸티지(found footage, 다른 매체에서 기록한 영상을 가
져다 붙이는 다큐멘터리 기법)에 버드아이 숏으로 조망한

현재의 모습을 오버랩하며 시작하는 〈철의 꿈〉은, 고래가 철을 경유해 거대한 배로 거듭나는 한국 근대화 과정을 좇는다.

믿음이 사라진 세상일지언정 신은 존재(해야)했다. 그 옛날 암각화에 새겨진 고래에 제사를 지내고 안녕을 기원하던 사람들처럼 현대인에게도 고래는 필요했다. 한국전쟁으로 폐허가 된 국토를 복구하고 삶을 회복하기 위해 사람들은 새로운 고래를 찾아 나선다. 굶주림의 고통과 가난의 수치심을 해결하기 위해서 새로운 희망과 꿈을 꾸는 사람들에게 다가온 신은 '철'이었다. 철을 쉽고 편리하게 다루기 시작하면서 사람들은 배불리 먹고 풍요를 맛볼 수 있었다. 철은 절대적 숭배의 대상이 되었고 곧 근대의 신이 되었다. '조국 근대화'의 주역이었다. 영화 초반 '철의 제사장' 포항제철(POSCO) 창업자 박태준 회장 장례식 장면을 보여주는 것도 같은 맥락이다. 현대중공업 기공식과 50만 톤급 진수식에 참석한 울산 시민과 박정희와 정주영이 등장하는 장면. 의심할 바 없는 '근대화의 얼굴'이다.

울산은 영화와 밀접한 관련이 있는 도시다. 한국영

상자료원이 꼽은 '한국영화의 고향 10' 중 하나로 선정된 곳이 울주군 보삼마을이다. 이곳은 오래된 가옥이 잘 보존되어 토속 역사물 로케이션 최적지로 알려졌고 1980~90년대 속칭 '토속 에로물'의 대부분이 보삼마을에서 촬영됐다. 2000년대 들어 영화 촬영이 뜸하던 울산에 새바람을 일으킨 건 곽경택 감독의 〈친구 2〉이다. 방어진, 신화마을, 율도, 하늘공원 등 울산에서 올 로케이션을 감행한 영화는 흥행성적이 나쁘지 않았음에도 전작의 명성에 가려 조용히 사라지고 말았다. 울산시의 대대적 지원에도 불구하고 지역성은 부각되지 못했다.

2017년 설날, 울산을 배경으로 한 영화가 다시 등장했다. 김성훈 감독의 〈공조〉다. 기획 단계에서 제작사와 MOU(양해각서)를 체결하면서 울산광역시는 다시 한번 통 큰 지원을 약속한다. 울산대교를 통제하고 국가 1급 시설인 울산화력발전소를 최초로 공개하는 등 로케이션에 적극 협조한 것이다(2018년 울산시가 울산화력발전소를 더는 공개하지 않기로 결정함에 따라 〈공조〉는 울산화력발전소를 배경으로 찍은 최초이자 마지막 영화로 기록될 것이다). 극장 무대인사에서 배우 유해진은 "울산에서 촬영하는 동안 아침마다 명덕호수공원을 조깅했던 기억이 있다. 길이 아름다워서 인상에 남는다"는 말을 남겼다. 이 소식이 매체에 실리자 먼 곳에서 명덕호수공원을 찾아 조깅하러 오는 사람이 생길 정도였다. 영화를 통해 도시를 알리고자 한 울산시의 목적이 성취되는 순간이다. 〈공조〉 흥행은 곧 울산에 대한 관심으로 이어졌다. 이에 고무된 울산시는 2018년 1월, 다섯 테이크 이상 울산이 등장하는 영화에 1억 원의 제작비를 지원한다고 발표했다. 도시와 영화가 만나 원-윈을 이룬 장면이다.

새로운 신을 찾아 무당이 된 연인 승희와 달리 〈철의 꿈〉의 화자는 울산에서 현대의 신을 찾았다. 승희가 찾아 나선 신이 전근대의 다신이라면 화자가 찾은 건 현대의 유일신, 곧 자본과 산업의 총화였다. 그렇게 고래는 철이 되고 배가 되어 스펙터클 이미지로 축약된 도시 울산이 되었다. 드론으로 촬영한 초고도 버드아이 숏이 말하는 것. 서사는 약하나 묘사가 압도하는 것. 〈철의 꿈〉은 한국 근대화의 도시 울산에서 찾은, 인간 중심에서 사물 중심으로 이동하는 노동의 역사이다. 마침내 거대한 배가 완성되는 순간 흐르는 말러의 '장송행진곡'이 말하는 바, 철의 죽음이다. 근대화의 서막을 힘차게 열어제친 도시에서 산업화 시대의 몰락을 애도한다. 단언컨대 울산보다 더한 멜랑콜리의 정조를 품은 도시는 없다.

하늘과
땅 사이에
사람이 있었네

소성리

프로필은 '옆얼굴, 윤곽, 외형, 옆모습' 등의 뜻을 가진 말로 얇은 끈을 의미하는 file에서 유래했다. 서양미술에서는 인물의 측면 윤곽을 가는 선으로 그리는 장르를 말한다. 서양인은 해부학적으로 사람의 인상을 나타내는 데 옆모습이 가장 효과적이라고 생각했다. 이런 이유로 인물의 옆모습은 고대의 주화나 부조, 서양 초상화에 자주 등장한다. 한편 예술은 프로필을 중히 여기지만 근대사회의 제도는 정면을 요구한다. 프로필이 인상이고 감정이라면, 정면은 실존이고 현현이며 민낯이다. 각색되고 편집되지 않은 날것 말이다.

영화가 시작하면 하늘의 빼곡한 별이 보인다. 다음은 하늘만큼 높은 봉우리에서 바라보이는 땅이다. 하늘과 땅 사이 시선이 머무는 곳에 성주군 초전면 소성리가 자리하고 있다. 그곳에 사람이 있다. 박배일 감독의 다큐멘터리 〈소성리〉는 6·25 전쟁 직후 참혹한 상황에 관한 이야기, 이 외진 곳까지 흘러들어와 신접살림을 시작했던 아련한 추억담으로 시작한다. 소성리가 얼마나 인적 드물고 조용하며 "살아보니 살 만한" 곳인지 진술하는 목소리. 화자는 어림잡아 칠순이 넘어 보이는 할머니들이다. 마을의 입지 조건과 역사적 상흔 등에 관한 설명이 끝나고 일상의 모습을 보여줄 차례가 오면, 경로당에 모여 깻잎을 손질하거나 고추를 따거나 깨를 터는 등의 어느 농촌과 다를 바 없는 질박하고 익숙한 장면이 이어진다.

〈소성리〉는 전복의 다큐멘터리다. 영화 법칙을 전복함으로써 시작부터 기대를 깨뜨린다. 뜨거움을 기대한 관객에게 냉정함과 차분함을 선사하고, 투쟁의 기록을 기다리는 이들 앞에 상처 입은 고향땅을 전시한다. 짐짓, 감독은 '소성리'로 상징되는 사드(THAAD)에 관하여는 애초에 관심도 없는 것처럼 보인다. 거짓말처럼 감독의 카메라는 뙤약볕 가득한 농촌의 들판과 비닐하우스와 할머니의 굽은 등에만 머무른다. 사드를 이야기하는 대신 할머니의 삶을 보여준다. '사드가 배치된' 소성리가 아닌 '옹기종기 살아온 정겨운 땅' 소성리이다. 그 속엔 정치도 군사도 주변국 정세도 없다. 오직 사람과 그들의 일상이 있을 뿐이다. 큰 목소리 하나 없이도, 조곤조곤 읊조림만으로도 얼마든지 이야기를 풀어갈 수 있다는 것을 박배일의 카메라는 보여준다.

영화가 시작하고 30분이 지나서야 비로소 드러나는 '사드'라는 두 글자. 사드에 관한 영화 아니었나 하고 의구심을 품고 그 의심이 배신으로 굳어지는 순간, 수줍은 새색시처럼 리본과 몇 개의 깃발로 등장하는 '사드'다. 궁금증을 풀기 위해선 영화의 시작으로 돌아가야 한다.

소성리의 아름다운 풍광을 보여준 오프닝 시퀀스가 끝나면 할머니의 독백이 기다린다. 정면을 보고 말하는 할머니다. 잠깐이 아니라 줄곧 정면 숏이다. 영화에는 '180도 법칙' 또는 '상상선 법칙'이라 불리는 것이 있다. 인물 간의 이야기를 전달할 때 카메라는 두 사람 사이에 상상의 직선을 긋는다. 이 선을 경계로 일정 각도 이상을 넘어가 촬영하면 관객은 화자(話者)와 청자(聽者)의 구분이 어려워져 극 전체의 맥락을 놓치기 십상이다. 이것을 '180도 법칙'이라고 하여 촬영의 불문율로 여겼고, 특히 정면을 보고 이야기하는 것은 신중하게 선택해야 하는 것으로 인식되었다. 180도 법칙의 핵심은 '누가 보고 누가 말하는가'에 있다. 즉 카메라의 위치와 각도를 통해 말하고 듣는 사람과 보는 사람(관객) 사이의 극 진행 상황과 맥락을 원활하게 전달하는 게 목적이라는 얘기다. 〈소성리〉는 시작부터 정면 내레이션으로 일관하더니 엔딩마저 정면 투 숏을 선사함으로써 180도 법칙을 희롱한다. 초보도 아닌 다큐멘터리 베테랑 감독이 선택한 방식이다.

이 다큐멘터리는 대한민국을 떠들썩하게 만든 사드가 배치된 '소성리와 할머니들의 삶'에 관한 것이다. 사드 배치지역으로 결정된 시점에 정치적 담론을 촉발하기 위한 이야기가 아니다. 사드 배치 이후 소성리 촌로의 삶과 관심사가 어떻게 변화하고 있는지를 보여줄 따름이다. 그 여름 치열했던 투쟁의 목소리는 다큐멘터리와 활동가들의 기록물을 통해 관객들도 일찌감치 접한 터였다. 사드 배치 반대의 격렬한 함성이 교차하는 현장을 보여주고, 고성 가득한 구호로 소성리 하늘을 뒤덮는 것은 더 이상 무의미한 시점이다. 그것은 현재 한국 독립다큐멘터리의 경향에도 역행하는 것이다. 영화 시작 30분이 경과할 때까지 할머니들 입에서 '사드'라는 말 한마디 나오지 않는 건 이런 까닭이다. 등장인물들을 번갈아가며 숏-리버스 숏을 찍어야 할 이유가 없다. 사드를 둘러싼 배경과 정보는 관객도 이미 잘 아는 상황, 감독은 바로 이 점을 인식했기에 180도 법칙을 위반하며 할머니들을 카메라 정면에 세운 것이다.

영화 후반으로 가면 흥미로운 장면과 만난다. 우익단체인 서북청년단과 사드 반대 투쟁에 참여한 목사가 확성기로 사드에 관해 설전을 벌인다. 이때 두 사람은 일정한 거리를 둔 채 일렬로 서있다. 서북청년단원은 높은 단상에 올라가 종교인을 향해 외치고, 목사는 그를 등진 채 도로에 앉은 동료 종교인들을 보며 답한다. 180도 법칙을 위배해 두 화자(이면서 청자)를 일렬종대로 세우고 도 높이를 달리해 두 사람이 다 보이도록 한 것이다. 두 사람의 목소리는 편집과정에서 자막이 더해진다. 관객은 두 사람을 모두 볼 수 있고, 무엇을 주장하는지 인식하게 된다. 자막까지 입힘으로써 관객을 향한 외침으로 탈바꿈시켜버린 것이다. 감독 자신의 신념을 드러내지 않고 관객의 판단에 맡기는 영리한 장면이다.

〈소성리〉를 읽기 위해선 두 편의 다큐멘터리를 경유해야 한다. 박문칠 감독의 〈파란나비효과〉와 김성경 감독의 〈할머니의 수요일〉이 그것이다. 두 영화 모두 사드와 관련한 주민의 투쟁을 소재로 한다. 여기에 앞서 말한 〈소성리〉를 보태면 세 작품은 시공간적 연대를 이룬다. 〈파란나비효과〉는 성주군청을 중심으로 읍내에서 벌어졌던 촛불집회 등 사드 반대 투쟁 이야기이다. 외피는 투쟁의 기록이지만 그 사이로 드러나는 건 민주시민으로 성장해가는 평범한 사람들의 자기성찰 과정이다. 이 영화가 막을 내리는 시점, 그러니까 성주읍 성산에서 초전면 소성리로 사드 배치장소가 바뀌는 지점에서 〈할머니의 수요일〉은 시작한다. 박문칠의 다큐멘터리가 상대적으로 젊은 30~50대 여성이 중심이 된 분투를 그리는 데 반해, 김성경 영화 속 주인공은 70~80대의 여성 노인이다. 젊고 활력 넘치는 성주읍내의 조직적인 반대 투쟁과는 전혀 다른 양상의 시위 모습. 그래서인지 늙고 무기력한 촌로들이 모여 있는 시위 현장의 풍경은 안타까움 그 자체다. 감독의 의도는 간명하다. '대체 이 노인들에게 무슨 일이 벌어진 것인가?' 하는 질문이다. 해답도 분노도 선동도 없다. 박문칠의 〈파란나비효과〉가 끝나는 지점에서 〈할머니의 수요일〉이 시작된다면, 박배일의 〈소성리〉는 그 이후 혹은 그 언저리의 시공간이다. 사드 배치는 결정되었고, 배치되었으며, 그럼에도 불구하고 사람이 살아가고 있는 한 여기가 끝은 아니다, 라고 말한다. 우회하듯 정면으로 기습하는 배짱과 결기라니.

사드와 관련한 논박이 배제되고 그마저도 후경(後景)으로 자리한 기이한 사드 영화 〈소성리〉. 국가와 한반도 평화와 인류애 같은 거창한 구호가 난무하는 투쟁 현장이 때론 피로감을 불러온다는 것을(심지어 정권이 바뀐 상황에서도 달라진 게 없다면) 감독은 잘 알고 있었을 것이다. 박배일이 서사와 촬영법칙 전복을 선택한 건 이 때문이었다. 정파성과 진영의 논리를 땅의 질박함으로 돌파하는 영리하고 기민한 카메라란 이런 것이다.

〈소성리〉는 오래전부터 이곳을 터전 삼아 살던 이들의 소박한 삶을 어지럽힌 것에 대한 분노의 연판장이다. 영화의 마지막, 감자를 솎아내던 두 할머니는 치열하고 거친 아수라장을 통과하고도 변함없는 인심과 정을 나눠준다. 할머니는 소성리를 제 몸에 새겼고 박배일은 〈소성리〉에 할머니의 삶을 새겨놓았다. "우리나라 꽃" 무궁화 앞에 선 할머니의 수줍고 당당한 정면 숏. 한국 다큐멘터리는 이토록 예쁘고 의젓해졌다.

조선소 소녀들에게

땐뽀를

허하라!

거제

거제에 다녀왔다. 강연을 위해서였다. 기억이 맞다면 첫 거제행이다. 중학교 교과서는 거제도가 한국에서 두 번째로 큰 섬이라고 알려주었다. 내게 거제는 큰 섬이었다. 부산역에서 만난 강연 주최자와 동승해 해안도로를 달렸다. 온통 푸른 내비게이션 위에서 전진하는 작은 점 하나가 해저터널을 달리고 있음을 표시했다. 거가대교를 넘어 조선업의 도시 거제로 들어갔다. 조선업 부침에 따라 도시가 웃고 우는 곳. 도시 사람 대부분이 배 만드는 일에 종사하거나 조선소 근로자들 주머니에 의존하는 공간이 거제이다. 내가 거제를 먼저 만난 건 다큐멘터리 〈땐뽀걸즈〉에서였다.

쇠락하는 조선업과 거제의 실태를 취재하러 내려간 KBS 이승문 PD는 거제여상 앞에서 댄스스포츠 교습을 마치고 집으로 돌아가는 아이들에게 차비를 쥐여주는 이규호 선생을 보게 된다. 취재 방향을 급선회해 거제여상 특별활동 '땐뽀반'을 카메라에 담아 2018년 백상예술대상 TV교양 부문 작품상을 수상한다.

세계 조선업의 수도라는 경남 거제시에서 태어난 아이들은 학교를 졸업하면 당연히 조선소 문을 통과할 인생이다. 폐광 직전의 탄광촌을 살리기 위해 훌라댄스에 도전한 〈훌라걸스〉도, 영국 탄광촌에서 발레리노를 꿈꾼 〈빌리 엘리어트〉도, 무기력한 중년의 삶을 견인한 〈쉘 위 댄스〉도 그랬듯, 〈땐뽀걸즈〉 아이들 역시 지루하고 관성적인 일상에 순응할 마음이 없다. 각자의 사정과 환경이 연습을 삐걱대게 만들고 불길한 순간도 연속되지만, 아이들은 씩씩하다. 댄스스포츠 대회장에 도착하는 아이들 모습으로 시작하는 〈땐뽀걸즈〉는 거제여상 여덟 명의 소녀들이 자신의 꿈을 찾아 도전하는 분투임과 동시에 아이들이 세상과 만나는 방식에 관한 기록이다.

공부는 9등급이지만 열정만큼은 1등급이라는 말. 나는 언제나 "네가 좋아하는 일을 하면서 살아라"라는 말에 담긴 무책임을 지적하곤 했다. 꿈을 꾸어야 한다는 말만 했지 꿈이 현실로 이어지도록 제도와 여건을 만드는 데 소홀했던, 자신들의 책임을 방기했던 기성세대가 면책용으로 사용하는 관용구라고 말이다. 예정된 진로와 빤한 미래 앞에서 꿈은 백일몽에 불과하다. 거제여상 소녀들에게 꿈이란 사치인지도 모른다.

2019년 2월 열린 서울대학교 학위 수여식의 축사자 중 한 명은 방탄소년단을 키운 방시혁 대표였다. 방 대표는 "지금 큰 꿈이 없다고, 구체적인 미래를 그리지 못했다고 자괴감을 느낄 필요가 없다"며 "자신이 정의한 것이 아닌, 남이 만들어놓은 목표와 꿈을 무작정 따르지 마라"고 조언했다. 그는 "어떠한 상황에서 행복을 느끼려면, 여러분 스스로 어떨 때 행복한지 먼저 정의를 내려보고, 그러한 상황과 상태에 여러분을 놓을 수 있도록 부단히 노력해야 한다"고 강조했다.

자기가 좋아하는 일을 하고 싶지 않은 사람이 어디에 있으랴. 인생은 만만하지도 허술하지도 않다. 필생의 노력을 성공이 아닌 실패로 보답하는 게 현실이다. 분노와 증오가 먼저 올라온다. 많은 이들이 전공과 무관한 일로 하루를 보내고 집과 일터를 오가는 일상에 익숙하다. 이 중 몇몇은 잘하는 일을 찾거나 자기 분야에서 두각을 나타내기도 한다. 대개는 현업에 충실한 동안 능숙한 솜씨를 발휘하고 잘하는 일로 높은 소득과 명예와 평판을 얻는 과정을 통해, 처음에는 내키지 않았던 일이 좋아지는 경우가 다반사다. 좋아하는 일에 아무리 열정을 쏟아도 일용할 양식으로 돌아오기란 하늘의 별 따기다. 시간이 흐르면서 자신도 지치고 주위 사람의 싸늘한 시선에 주저앉기 십상이다.

〈땐뽀걸즈〉 아이들이 보여주는 미래는 불투명하다. 조선업도 바닥이고 부모님 장사도 시원치 않다. 소녀들의 선택은 부진한 공부를 대신해줄 댄스스포츠이다. 잘하고 싶은 건 공부이지만 현실은 다르다(는 걸 인정한 것이다). 공부보다 부담 없고 즐겁기까지 한 댄스에 빠지다보니 실력이 늘고 재능도 있음을 깨닫는다. 이제, 한 가지만 더해지면 된다. 작은 성취다. 무언가에 열심일 때 그것을 꽉 쥐고 놓지 않을 힘. 동기부여다. 작은 성취를 맛보면 새로운 힘이 생긴다. 고된 훈련으로 지쳐갈 때 마시는 물 한 모금과도 같은 어떤 것 말이다. 미술학원과 피아노학원 아이들이 사생대회와 콩쿠르에서 받아오는 상의 가치는 진정한 재능과 실력을 검증받았다는 데 있는 게 아니다. 지속가능의 자양분이라는 점에 있다.

〈땐뽀걸즈〉의 미덕은 다큐멘터리가 할 수 있는 일을 제대로 한다는 점이다. 답답한 현실을 토로하고 사회의 부조리와 불합리성을 고발하는 영화는 많다. 큰소리로 외치면서 광야의 선지자를 자임한 영화도 수두룩하다. 너나 할 것 없이 목청 키우는 세상에서 〈땐뽀걸즈〉의 포지션은 조용히 상황을 드러내는 일이다. 예컨대 텅텅 빈 현빈이네 횟집을 보여주고 조선소 근로자에서 외식 창업을 배우러 서울로 향하는 시영이 아빠를 등장시키면서 장기불황으로 구조조정에 신음하는 거제 조선업의 현실을 상정한다는 것. 이보다 더 도발적인 미장센이 있겠는가. 그럼에도 영화는 활력 넘치고 작은 성취에 환호하는 아이들을 보여주는 데 주력한다. 아이들의 미래다. 이보다 더 화창한 앞날이 어디 있을라고. 이것이 거제의 미래가 아니고 무엇이겠는가.

●

거제시 끝자락, 지세포구에 위치한 작은 도서관으로 향하는 길 위에서 바라본 거제의 풍광은 평온하고 아름다운 바다마을 그 자체였다. 목적지까지 한옥펜션과 시내 곳곳을 경유하였다. 거리마다 상가마다 변화를 꿈꾸는 치열함으로 가득했다. 조선업 경기와 무관한 소비동력을 개발하겠다는 열망. 조선과 관광이 조화를 이룬 미래의 거제가 그려졌다. 지세포의 풍광이 모습을 드러낼 때 즈음 거제를 떠났다. 꿈같은 여정이었다.

눈 내린 아침이

어찌나

포근하던지

각설하고 부산은 영화의 도시이다. 부산국제영화제
가 열리고 영화진흥위원회와 한국영화아카데미와 영상
후반작업시설이 안착한 부산을 빼놓고 영화를 말할 수
없다. 영화의전당이 지어졌고 시네마테크부산이 건립
되어 영화제와 고전영화 상영과 보존과 기록과 교육을
도맡고 있다. 서울 아닌 도시가 문화예술 장르에서 이토
록 큰 영역을 확보하고 튼실하게 자리 잡은 예는 없다.

1996년 부산국제영화제를 개최함으로써 영화도시로의 출발을 알린 부산은 아시아를 넘어 세계적 영상산업 도시로 발돋움하기 위해 영화와 관련해 다양한 지원책으로 영화인을 도시로 불러들였다. 예컨대 최동훈 감독의 〈도둑들〉 시나리오가 쓰인 해운대 클라우드 호텔 일화는 유명하다. 부산광역시와 부산영상위원회는 '시나리오 창작 지원사업'으로 이를 연계했다. 2017년 4월엔 해운대호텔을 인수해 영화인 전용 숙박시설 '시네마하우스 호텔 인 부산'을 개장했다. 부산을 찾는 영화감독이 편하게 묵으며 작업할 수 있도록 영화인에게 우선권을 부여한다. 부산과 영화가 친밀한 관계망을 구축한 사례는 너무 많아서 일일이 열거하기 힘들다. 지금 여기 부산의 영화 지형도를 보면 답이 나온다. 다시 말하지만, 부산은 영화의 도시이다.

단 하나의 시퀀스를 위해 제작팀이 기꺼이 찾는 도시가 부산이다. 영화진흥위원회 통계에 따르면 당해 한국영화 흥행작 20편 안에는 부산에서 촬영한 영화가 그 수의 절반을 넘는다. 매년 100편 이상의 영화가 부산에서 촬영된다. 부산에서 영화를 찍어야 흥행한다는 건 업계의 알려진 불문율이다. 바다와 야경, 아름다운 다리와 초고층 스카이라인과 호화요트를 모두 담을 수 있는 도시. 오래된 마을과 전통거리에서 젊음의 거리, 짠 내 풍기는 자갈치와 고급백화점까지, 천혜의 자연 휴양지와 낙후된 뒷골목을 두루 품은 흔하지 않은 대도시 부산이라면 어떤 장르의 영화도 품을 수 있다는 것이다.

부산을 배경으로 한 많은 영화가 욕망과 사랑과 비열한 거리에 초점을 맞춘 건 이상한 일이 아니다. 항구도시답게 새로운 문화를 먼저 받아들이고 정제해 전국으로 보내는 허브 역할을 해왔다면 그 도시의 배경은 당연히 부산이 되어야 할 터였다. 마약, 폭력, 살인 등 강력범죄와 부패비리 공무원과 조직폭력배와 정경유착을 다룬 영화가 부산을 배경으로 하는 건 당연해 보였다. 그런데 사람냄새 풍기는 소담하고 착한 영화는 부산에서 만들어질 수 없는 걸까. 주제넘게 도시 걱정을 하던 차에 한 편의 영화를 만났다.

고백하자면 이 영화를 보기 전에 머뭇거렸고, 보고 나서도 머뭇거렸다. 보기 전엔 부산서 활동한 감독이 만든 로컬영화를 군이 나까지 볼 필요가 있을까 싶은 마음이었고, 보고 나서는 이거 한 번만 보는 게 맞는 걸까, 하는 뜻밖의 충격에 따른 결과다. 그러니까 부산이라는 거대 도시에 대한 선입견을 지우고 그동안 한국영화가 포착한 부산의 공기를 휘발시켜버린 채, 설마 이런 곳이 영화 배경이 될 줄은 몰랐지? 하며 훅 치고 들어왔다는 얘기다.

부산광역시 사하구 신평동 일대에서 촬영한, 부산 출신 감독 장희철의 〈눈이라도 내렸으면〉이다. 배경은 크리스마스를 앞둔 어느 겨울, 부산지하철 1호선 신평역 인근이다. 신평역 가판대에서 일하는 지체장애인과 그가 저녁이면 찾는 오래된 국밥집과 막 취업한 열아홉 살 소녀가 주요 인물이다. 에피소드 모음 같은 영화가 전시하는 부산은 낙후되고 오래된 어떤 풍경이다. 화려한 네온사인도 초고층 빌딩도, 심지어 바다도 보여주지 않는다. 지리멸렬한 하루를 꾸역꾸역 살아내는 사회 초년생과 신체 불편하지만 건강하게 사는 가판대 청년을 병치해 대도시 외곽의 삶을 직조한다.

회식을 핑계 삼아 성희롱을 일삼는 사장과 술만 마시면 상을 뒤엎고 집안을 난장판으로 만드는 아빠에 둘러

싸인 열아홉 살 선우의 삶은 고단함 자체다. 피시방에서 소일하는 친구도, 방파제에서 만난 백수도, 삶에 영향을 주긴 턱없이 부족하다. 누가 봐도 답답한 일상이고 암울한 미래다. 하필 첫 출근 하루 전날 팔을 다쳐 깁스를 한 선우는 방파제에서 만난 청년에게 푸념한다. "들고 있으려니 팔이 아픈데 내려놓으려니까 가슴이 아프네." 그러고는 이어지는 질문 "아저씨, 아저씨는 열아홉 살 때보다 나아진 게 있어요?" 현실적이어서 아프고 예리해서 멈칫거릴 수밖에 없는 선우의 물음은 곧 감독의 속내다. 오죽 답답했으면(심지어 크리스마스 목전에 그칠 줄 모르고 비가 온다) "눈이라도 내렸으면" 좋겠다고 했을까. 하지만 영화는 여기서 멈추지 않고 전진한다. 부산에, 신평동에, 선우 마음에 하얀 눈이 소담스레 내린다.

감독이 전시하는 신평동 일대는 누구라도 지루함에 지쳐 꿈꾸기를 포기할 법한, 희망이 소멸된 공간이다. 부산 출신 감독이 굳이 보여주고 싶은 건 잿빛 도시였을까. 그렇지 않을 것이다. 암울한 이미지 나열로 끝났다면 굳이 이 영화를 언급할 이유가 없었을 터. 마침내 기적의 밤은 다가오고 있었다. 리얼리티를 표방하던 영화가 슬그머니 판타지로 옷을 갈아입는 순간. 그것은 영화가 보여주는 마술이면서 삶을 견인하는 힘찬 동력이 된다. 삶과 유리된 영화는 가짜라지만, 영화 같은 삶이 필요한 사람이 있다는 사실도 잊지 말아야 한다. 〈눈이라도 내렸으면〉을 내가 예뻐하는 이유가 여기에 있다. 종종 독립영화가 보인 태도, 즉 부조리한 삶을 드러내기 위해 지나치게 증오와 분노를 촉진하는 것. 감독은 이 난감한 물웅덩이를 잘 뛰어넘었다. 등장인물 누구도 악인은 없다. 단지 세상이 그렇고 뿌리내린 터전이 그 모양일 뿐이다.

진짜 이야기는 극 종반부터다. 무료하고 추레한 지역에 꼭 맞을 법한 선우가 나름의 몸부림으로 작은 세상에 균열을 일으킨다. 순정을 바친 오빠의 미안함을 토닥이며 위로하는 것도, 어른스레 딱딱한 회사 분위기를 "웃기는 캐릭터"로 흔드는 것도, 회식에서 마신 술을 구토하다 가판대 청년과 조우하는 것도, 순수한 청년의 선의에 기뻐하고 제 모습을 찾는 것도 모두 선우의 몫이다. 열아홉 소녀가 앞으로 살면서 숱하게 만나야 할 삶의 장면이다.

가판대 청년이 내준 잠자리에서, 비 맞고 지친 소녀가 바라본 세상은 따뜻한 곳이었다. 낭만과는 거리 먼 크리스마스를 앞두고 내내 비가 오는 도시에서 무섭고 외롭고 고단했지만, 기적 같은 밤이 지나고 눈이 내릴 때, 영화가 만들어지던 그해 겨울 거짓말처럼 부산에 눈이 왔다. 2014년 12월, 적설량 3센티미터에 부산은 교통이 마비되었다. 감독은 답답한 공간에 눈이라도 내렸으면 좋겠다고 소망했을 테지만, 부산에 눈 많이 내리면 진짜 큰일 난다.

그때
그 사람들의
불온함을 찾아서

대구

　2017년 11월 4일 신성일이 세상을 떠났다. 한국영화 100년사에 단 한 명의 스타를 말하라면, 나는 주저 없이 신성일을 꼽는다. 신성일은 곧 한국영화였고, 그가 걸어온 길이 한국영화 황금시대였다. 신성일이라면 적어도 그의 모교에는 합동분향소가 마련될 거라 기대했다. 대구시청은 고사하고 어디에도 그런 일은 일어나지 않았다. 신성일이 정치를 했고 옥고를 치른 탓일까, 마지막 영화에서 그가 어린 여자를 탐하는 노인으로 나와서일까, 말년 잇따른 설화로 구설수에 올랐기 때문일까, 아니면 단지 젊은 세대가 신성일이란 이름을 알지 못해서일까. 나는 정말로 슬펐다. 이해할 수 없었다. 한국영화가 낳은 최고 스타의 죽음 앞에서 대구영화계는 무력했다.

본래 대구는 한국영화사에서 가장 중요한 도시 중 하나였다. 최초 영화제작사인 '조선키네마주식회사'의 첫 작품 〈해의 비곡〉은 대구가 배경이다. 1932년 이규환 감독은 나운규 주연의 〈임자 없는 나룻배〉를 대구 일대에서 촬영했다. 무성영화 〈검사와 여선생〉을 대구 용두방천(상동교와 중동교 사이)에서 촬영했다는 기록도 있다. 이처럼 한국영화 태동기 중심에 대구가 있었다. 전후 한국영화 성장기 부흥의 기폭제가 된 것도 대구영화이다. 이규환은 가족과 함께 비산동 단칸방에 세 들어 살면서 대구극장 건너편 청기와다방에 자주 머물렀고, 대구 가창과 화원유원지 등에서 〈춘향전〉을 촬영했다. 김수용 감독의 1965년 작 〈저 하늘에도 슬픔이〉는 대구 명덕초등학교 5학년 이윤복 어린이의 수기를 영화화한 작품으로, 어려운 가정형편을 견디며 바르게 살아가는 소년 가장의 이야기를 그렸다. 신영균, 조미령, 황정순 등 스타 배우를 캐스팅해 명덕초등학교에서 촬영했으며, 당시 이윤복의 같은 반 친구였던 이창동 감독이 엑스트라로 출연하기도 했다.

1990년대 이후 영화계에서 대구는 변경에 불과했다. 대구만큼 TV드라마나 영화에서 외면당한 도시가 또 있을까. 매년 70회 이상 영화촬영지로 선택받는 부산과 전주는 고사하고 군소도시보다 못한 위상이 오늘의 대구이다. 이것은 아마도 서울만큼이나 특색 없는 도시 색깔에 기인할 터이다(몇몇 매체는 〈괴물〉이 한강을 재조명한 것에 의미를 부여했다). 인정하기 싫지만 엄연한 사실, 독립영화를 제외하고 대구 로케이션 비중이 가장 큰 영화는 장선우 감독의 〈거짓말〉이다. 〈거짓말〉은 동대구역 인근 여관촌에서 촬영했다. 1999년이니 벌써 20년 전 일이다. '그 후로도 오랫동안' 대구는 한국영화계와 불화했다.

지방자치제 도입 이후 각 지자체는 지역홍보의 수단으로 영화제를 개최하고 영화의 배경으로 장소를 제공하는 데 지원을 아끼지 않았다. 대구시의 경우도 크게 다르지 않았다. 문제는 2001년 발생했다. 〈나티〉라는 영화를 준비 중이던 제작사가 대구를 배경으로 찍겠다고 나섰고, 멋모르고 전폭적 지원을 약속했던 대구시가 이 사기극에 휘말리면서 대구와 영화계와의 소원한 관계는 시작된다. 이후 대구시는 영화제작에 대한 지원요청에 기피해왔고, 제작사들 또한 불필요한 오해의 소지를 우려해 대구 로케이션을 배제했다. 설사 그렇다고 해도, 인구 14만의 소도시 제천에서도 열리는 국제영화제가 250만의 거대도시 대구에서는 심층적 논의조차 없었다는 점과 지역 영상위원회조차 설치되지 않았다는 사실을 어떻게 이해해야 할까.

〈거짓말〉로 되돌아가자. 제4회 부산국제영화제 때 남포동 영화의 거리를 아수라장으로 만들고, 예매 시작 불과 몇 분 만에 매진된 영화. 등급보류에 묶여 몇 번이나 재심의를 받아야 했으며 기록적인 불법 복제물을 만들어낸 영화. 바로 장선우가 연출한 〈거짓말〉이다. 〈거짓말〉은 대구 출신 작가 장정일의 1996년 소설 『내게 거짓말을 해봐』가 원작이다. 장정일은 이 소설로 인해 법정

구속, 징역 10개월 형을 받았고, 출판사는 사과 광고를 싣고 책을 회수해 파기해야 했다. '음란폭력성조장매체 대책시민협의회'라는 우스꽝스런 긴 이름을 가진 단체도 생겨났다. 2000년 〈거짓말〉이 베니스국제영화제에 초청받자 문단 일각에서 들린 소리. "중학교 중퇴한 장정일은 감방 가고, 서울대 나온 장선우는 베니스 간다."

영화는 18세 고교생 Y와 38세 조각가 J의 연애 이야기로, 사회로부터 이탈한 혹은 유리된 개인의 욕망을 포르노그래피 틀로 보여준다. 미성년자와의 섹스, 가학과 피학 등 온갖 금기 항목이 총출동해 소설만큼이나 사회적인 경악과 분노를 일으켰다. 남자인 J가 박정희 시대에 태어나 군사교육을 받고 조국 근대화 임무를 완수해야 한다고 교육받았으나 90년대 사회주의 몰락과 IMF를 거치는 동안 무력해진(소설 속에서 J는 '언제부턴가 아무것도 하지 않는' 조각가이다), 그래서 겉만 씩씩한 남성 가부장을 대리한다면, 소녀 Y는 90년대 말 급진적으로 신장된 여성의 무의식이다. J와의 첫 섹스 후 Y는 말한다. "그러니까 나는…… 강간당하기 전에 내가 선택한 사람과 치러버리고 싶었던 거야. 스무 살 이전이라고 목표를

정해놓고 말야."

영화에는 열 곳이 넘는 여관이 등장하는데 장선우는 소설의 배경이 되는 동대구역 주변의 여관들을 골라 로케이션 촬영을 했다(원작에서 Y와 J는 안동역에서 처음 만나 여관으로 향하지만 영화는 동대구역을 선택한다). 영화의 종반부, 이들이 가학을 위한 도구를 구하러 다니는 곳은 수성못이다. 이외에도 동대구 투어리스트 호텔, 대백프라자 앞거리, 경일대학교 등이 등장한다.

혹자는 여관 외에 특징적인 대구 정서가 드러나지 않아 대구영화라 할 수 없다고 주장한다. 근거로 Y와 J의 세 번째 만남 이후 내레이션을 내세운다. "그들은 동대구역 광장에서 만난다고 되어있다. 그러나 그건 다른 대도시여도 상관없다." 지역성은 중요하지 않다는 것이다. 이런 주장을 한다면 영화제작에 관해 잘 모르는 사람이다. 로케이션에서 원작과 실제 촬영 장소가 일치하는 경우는 드물다. 막상 실제 장소에 가보면 시나리오상의 분위기와 색깔, 느낌과는 딴판인 경우가 허다하다. 시나리오에 맞춰 로케이션을 결정할 수밖에 없는 건 이때문이다. 예컨대 박훈정의 〈신세계〉는 서울이 배경인

데 주된 촬영지는 부산이며, 〈범죄와의 전쟁 : 나쁜 놈들의 전성시대〉는 1980년대 부산이 배경이지만 서울과 전주에서 촬영했다. 〈파파로티〉는 김천예고에서 일어난 실화를 바탕으로 만들었으나 문경여고에서 로케이션이 이뤄졌다. 그러니까 영화가 보여주는 것이 동대구역 일대 여관이 고작이라고 해서 대구 로컬무비가 아니라는 주장은 맞지 않는다는 것이다. "세트를 하나도 안 썼다. 로케이션과 여관을 정하는 것도 편안함을 기준으로 배우들과 같이 정했다. 인물들의 시작과 몰락의 질감들을 고려했다." 장선우의 말이다.

한국에서 원작소설 판매금지와 저자 유죄판결에도 불구하고 유럽영화계가 〈거짓말〉에 보인 관심은 의아할 정도다. 〈거짓말〉이 보여주는 퇴행과 죽음에 이르는 과정이 68혁명 실패와 좌절을 목도한 유럽영화인과 지식인 계층에게 매혹적인 정치 텍스트로 읽혔는지도 모른다. 요컨대 〈거짓말〉은 포르노가 아니다. 완고한 가부장제와 엄숙주의가 〈거짓말〉과 인물의 행위에 '불온'하고 '비정상적'이라는 낙인을 찍었다 한들 변하는 건 없다. "어린 여자와 나이 많은 남자가 벌이는 매질과 섹스가 비정상이라면, 유구한 세월 동안 이 땅에서 벌어진 여성에 대한 인권유린과 폭력과 학대와 피·가학적 성교는 정상적이었느냐고! 불콰한 얼굴로 나타나 가족을 두들긴 후 잠든 아내 품으로 파고들어 강간에 가깝게 교접하는 행위는 온당한 것이었느냐고!" 〈거짓말〉을 포르노라 일컫는 사람들에게, 불온하다 여기는 근엄한 얼굴들 앞에 던지는 장선우의 일갈이다.

대구 출신 영화인은 손가락이 모자랄 정도다. 한국 최초 여성감독 박남옥은 갓난아이를 업고 15명의 스태프 밥을 손수 해먹이면서 〈미망인〉을 촬영했다. 할리우드 영화 일색이던 80년대, 세련된 장르영화로 한국영화 수준을 한 단계 높인 배창호도, 한국 최초로 국제영화제 그랑프리를 거머쥔 배용균도, 한국영화사에서 처음으로 칸 영화제 황금종려상을 수상한 봉준호도, 의심할 바 없는 거장 이창동도, 추창민도 대구가 배출한 감독이다. 한국영화사의 중요한 시기마다 변곡점을 찍은 것은 다름 아닌 대구가 고향인 감독들이었다(배우까지 거론하기엔 지면이 좁다). 대구는 영화와 거리 먼 도시가 아니다. 8세기 시인 베다는 "로마가 멸망하는 날에는 이 세상도 멸망하리라"고 했다. 로마에 대한 자부심이 묻어나는 표현이다. 대구와 대구영화도 이런 자부심 가질 이유 충분하다. 누가 뭐래도, 대구는 한국영화를 이끈 '영화 도시'이다.

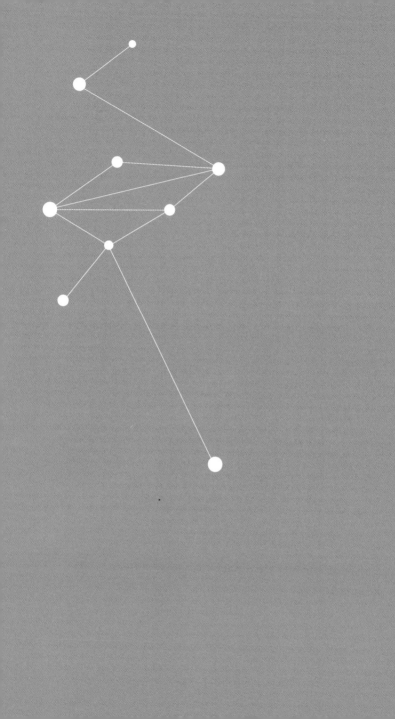

20세기 영화와 서울,

한국현대사에 관한

기억집합소

들어가며

영화 속 도시를 생각한다. 인류 역사와 함께한 오래되
고 거대한 도시들, 이를테면 비스콘티 손을 거친 황금물
결 일렁이는 베니스와 리펜슈탈이 히틀러를 위해 만들
었던 제의적 공간 뉘른베르크, 오즈 야스지로의 근대화
된 도시 도쿄와 우디 앨런과 마틴 스콜세즈가 천착한 뉴
욕이라는 거대한 용광로, 왕가위 손에서 재탄생한 깔끔

하고 젊은 홍콩의 모습이거나 여전히 고다르의 파리. 한 편의 영화 속에서, 또 다른 몇 개의 영화를 떠올리면서 도시의 역사와 함께한 오늘과 내일의 문제를 고민한다. 무엇보다 도시의 그림자를 한국영화 속 서울의 모습으로 시공간 이동하여 되짚어봄으로써 기대하는 것은 동시대의 도시공간이 보여주는 정치 사회적 그리고 도덕적 담론이다.

이제 다시,

도시 하늘 아래

급격한 도시화·근대화의 물결 속에서 억압 받은 수많은 소시민의 삶을 그린 영화들을 다시 보는 일이야말로 1970년대를 이해하는 가장 좋은 지침서 중 하나다. 조국 근대화와 경제개발계획이란 미명하에 벌어진 부조리한 관습과 사회의 구조적 모순 속에서 영원한 타자로서 변경을 맴돌다 좌절한 많은 이들의 삶과 아픔은 소설과 영화를 통해서 우리에게 전시된다. 70, 80년대 표현의 자유가 억압당한 군사독재 시절, 때론 유쾌하고 통쾌하게 때론 페이소스 가득한 처연함으로 서울과 도시근대화의 병폐를 그린 영화들이 더러 등장하지만, 정작 민주화 이후 한국사회에서 거대도시 서울에 대한 영화담론은 정체된 지 오래이다. 우리에게 서울의 이미지를 대내외적으로 각인시킨 영화가 없음은 무척 아쉬운 일이다. 한국영화에서 서울은 로케이션 대상이 아니라 대도시 보편적 풍경을 지칭하는 보통명사가 되었다. 이 같은 현실에서 70, 80년대 산업화·근대화 속에 침잠하던 서울의 공기를 훌륭히 포착한 〈영자의 전성시대〉와 〈바람 불어 좋은 날〉과 〈난장이가 쏘아올린 작은 공〉 같은 영화들이 포획한 진지한 고민에 의존해야 하는 것은 당연한 선택이다.

한편 1990년대 중반 나타난 몇몇 감독들, 예컨대 홍상수와 이창동과 김기덕 정도가 자신들의 데뷔작을 통해 단편적이거나 숨은 미장센으로나마 도시의 이미지를 복각하고 환기시켰다(2000년대 들어 이윤기의 〈멋진 하루〉가 로드무비 형식으로 포착한 서울의 이미지는 기억할 만하다). 때문에 70년대 김호선과 이장호, 80년대 박광수와 장선우에 뒤이어 도시근대화, 산업화의 그림자를 빼

어난 솜씨로 담아낸 감독으로 홍상수, 이창동, 김기덕을
꼽는 데 주저할 이유는 없다. 비록 그들이 데뷔작에서
보여준 치밀하면서 여유만만하고 자유분방하면서 강박
적인 미장센이 이후 작품에서 점점 풀어졌다 하더라도.

멜로의 관습으로 담아낸

도시근대화의 역기능

　1970년대 영화계는 당국의 영화검열과 우수영화 정
책에 따라 표현의 자유를 억압 받는다. 사회비판과 논
쟁적 입장표현의 거세 위협 속에서 영화인들은 60년대
의 왕성하고 다양한 창작활동을 포기한 채 안전주의 제
작으로 선회하고 '호스티스 멜로'라는 장르를 만들게 된
다. 이장호의 데뷔작이자 출세작인 〈별들의 고향〉이 45
만 관객을 동원하면서 시작된 호스티스 멜로는 이듬해
조선작의 동명소설을 김호선이 영화화한 〈영자의 전성
시대〉로 이어진다.

　1970년대부터 80년대 중반까지 이어진 일련의 호스
티스 영화는 당대 톱스타라면 누구나 참여했고 과도한

섹스산업의 유입과 맞물려 한 시대를 풍미하지만, 의식 있는 감독들은 호스티스 멜로 속에도 사회비판과 굴절된 삶의 모습을 담아내려 애썼다. 그 선봉에 〈영자의 전성시대〉가 있다. 〈영자의 전성시대〉는 시대의 변모에서 성장으로 닫지 못하고 추락하는 주변화된 인물을 역설적인 제목과 함께 제시한다. 시골에서 상경한 영자는 돈을 벌기 위해 고군분투하는 와중에 정신적·육체적으로 타락해간다. 영자는 급변하는 성장의 그늘 속에서 외곽으로 밀려 침잠하는 나약한 인간의 육체, 즉 순진하고 꿈 많던 시골처녀에서 나락으로 치닫는 창녀로의 변모를 통해, 예정된 운명처럼 곪아터진 계급의 추락을 좇게 된다. 그 과정에서 시대가 안고 있는 급격한 근대화와 도시화의 결과가 초래하는 역기능을 멜로드라마라는 안전한 관습 안에서 소화한다.

1980년 이장호가 연출한 〈바람 불어 좋은 날〉의 도시 서울은 규범, 미학, 가치를 상실한 채 양적인 성장의 논리에 집착했던 한국 근대화가 낳은 생활경관이다. '조국 근대화'를 부르짖던 시기에 도시화는 미증유의 경제성장과 함께 급속히 진행되었다. 인구의 집중 현상과 함께 사회 이동을 극심하게 경험해온 한국사회는 1960년대 3 대 7의 도시와 농촌 인구의 비율이 1990년경 7대 3으로 역전되는 현상을 보인다.

1960년대 이후 서울은 "도시집중화는 주택난과 더불어 택지가격의 앙등을 초래하는 것이 오늘의 필연적인 추세인 만큼 이의 해결을 위해 고층 아파트의 건립이 절대적으로 요청되는바, 이러한 시대적 요청에 각광을 받고 건립된 아파트가 혁명한국의 한 상징이 되기를 빌어 마지 않는다"는 국가재건최고회의 박정희 의장 방침에 따라 세운상가, 낙원상가, 여의도 시범아파트가 속속 개발된다. 속칭 '불도저 시장' 김현옥과 도시화의 상징물들. 서울은 정치, 경제, 문화 모든 분야에서 최상단의 지점이었고 권력과 위세를 부여받은 공간이었다. 서울에 간다는 것, 서울에 산다는 것, 서울 말씨를 쓴다는 것 자체가 지방 사람에게는 부러움의 대상이었다.

서울이란 도시의 환영적 이미지는 미스 유와 춘식의 대화에서도 분명하게 보인다. 그녀가 온갖 '쟁이'들로 이뤄진 상류층 뿌리에 대해 자문할 때 그녀의 등 뒤로는 멀리 보이는 한강과 복잡하게 들어선 아파트 단지와 우아하게 뻗은 나선형의 도로들이 펼쳐진다. 마치 신기루처럼 한강을 중심으로 자리 잡기 시작한 새로운 서울 공간은, 주인공들의 삶에서 동떨어져 도시 특유의 무관심성과 익명성을 자랑하며 자신의 정체성을 성찰하기 위한 뿌리와 기원의 문제를 화려한 경관 속에 묻어버린다.

도시경관은 가시적인 건축이라는 표면적 의미를 넘어 문화경관, 문화의 지역화와 지역적 차이로 이어지는 사회적 장(場)이다. 도시공간에는 공간이 직면하고 있는 시대적 상황과 논리, 즉 경제적 토대의 변화, 불균등적인 지역 차이, 도덕적 문화적 기준의 혼란 등이 함께 드러나기 때문이다. 서울 이면에도 계급 간의 황량한 싸움이 존재함을 〈바람 불어 좋은 날〉은 우의적으로 말한다.

일상과 기억의 장소

1990년대 들어 출현한 몇몇 감독 손에는 낯선 영화가 들려있었다. 그것은 이전에 보지 못한 신선함이라기보다는 이후 한국영화를 이끌어갈 다양한 담론의 시발점이며 허상의 신기루를 벗겨낸 펄떡거리는 일상의 거친 호흡이거나 손사래 치고 싶을 정도의 지독한 현실이었다. 홍상수 〈돼지가 우물에 빠진 날〉과 김기덕 〈악어〉, 그리고 이창동 〈초록물고기〉는 모두 도시 공간 서울에서 일어나는 이야기와 장면을 소재로, 진저리날 정도로 집요하게 까발린 우리의 초상을 보여준다. 이 주목받을 만한 데뷔작들은 한국영화계에 신선한 충격으로 다가왔지만, 그래서 무섭고 재미있다. 과장과 양념이 빠진 우리들 모습과 우리들 사이의 순간순간이 연속된다. 세 영화 중에서 〈악어〉와 〈초록물고기〉는 사회에서 소외된 폭력배들의 극화된 삶의 느낌(보통사람들의 일상을 기준으로 한다면)이 들기도 하나, 그렇다고 해서 의리로 미화하거나 멋진 액션으로 포장한 영웅을 그리진 않는다. 영화 속에서 그들은 우리 곁을 무심히 지나는 지루한 군중일 뿐이다.

홍상수 데뷔작 〈돼지가 우물에 빠진 날〉은 건조한 우리들 자신의 남루한 일상 그 자체이다. 영화에 등장하는 평범한 도시 공간들, 패스트푸드 식당과 편의점, 여관과 변두리 병원, 불고기를 굽는 식당과 카페, 극장 매표소, 고속버스 터미널과 비디오 녹음실은 이 시대의 우리 주변이다. 서울의 어느 지역에도 존재하는 지루한 공간들이다. 이후 홍상수는 서울을 떠나 변두리와 지방 소도시로 무대를 옮기면서 변함없이 지엽적 공간에 천착한다.

김기덕의 〈악어〉가 제시하는 공간은 중지도 한강철교 아래이다. 강 건너 63빌딩과 트윈타워가 석양에 떠있다. 이곳에 세 사람의 무숙자, 쓰레기를 수거하는 중년의 아저씨와 앵벌이 소년과 거친 성격의 용패가 기거한다. 용패는 강물에 투신한 자살 시체를 숨기고 이를 찾으려는 유가족을 상대로 거래한다. 도시에서 추락한 패배자에 다름 아닌 삶을 살아가는 이들에게 도시는 근거리 풍경으로 존재하지만 이곳은 도시로부터 소외된 쓰레기 공간이다. 우리가 포기하고 있는 장소를 감독은 용케도 우리에게 되돌려놓았다. 긴장 속에서도 기묘하게 서로 의지하며 살아가는 이 영역에 어느 날, 남자에게 버림받고 자살을 시도하는 여자를 용패가 살려내면서 이 공간에는 새로운 균열이 생기고, 몇 개의 사건 속에서 느리긴 하지만 주인공의 심경에도 변화가 일어난다. 때때로 영화는 자유롭고 아름답다. 이제는 더러워진 강물에 종이배를 띄우는 소년과 아저씨가 나누는 이야기.

"옛날에는 여기에서 헤엄도 쳤었지. 그래 마시기도 했단다."

"이 더러운 물에서 어떻게?……"

"쓰레기를 함부로 버려서야. 강 건너편의 산도 지금처럼 반만 보이는 게 아니라 다 보였지."

"되게 아름다웠겠네요."

지난 몇십 년 동안 자행된 경제개발은 이 도시를 얼마나 피폐하게 만든 것일까. 마지막 장면, 스스로 만든 물속 방에서 죽음을 맞이하는 악어. 물은 희망의 공간이자 어머니의 자궁처럼 영원한 안식처였다.

반면 이창동 〈초록물고기〉는 도시개발로 안식처를 잃어버린 사람들의 향수를 그린다. 10여 년 전 정부의 무분별한 주택정책이 밀어붙인 200만 호 건설은 하루아침에 서울 근교의 풍경을 바꿔놓았는데, 분당과 일산 신도시가 그 대표다. 분당은 산자락을 끼고 있어 어느 정도 보상 받은 셈이나 일산의 경우 벌판에 어느덧 서버린 신기루 같은 형상이 되었다. 뿌리를 잃은 삶과 점묘 같은 일상의 기억이 고층아파트를 배경으로 까마득한 동화처럼 다가오는 곳. 어릴 적 살던 장소는 몇 장의 빛바랜 옛날 사진으로만 남았다. 그래서 우리는 영화 후반 뚜렷한 절박감도 없이 살인을 저지르고 난 좌절감에 가족에게 전화를 건 막동이의 절규를 기억해야 한다.

"여보세요. 여보세요? 어, 큰성이야? 큰성, 나야 막동이. 엄마는? 엄마 어디 갔어? 응, 어, 나 잘 있어, 괜찮아, 큰성, 전화 끊지 마, 전화 끊지 마, 큰성, 생각나? 빨간 다리, 빨간색 철교, 우리 어렸을 때 빨간 다리 밑에서 물고기 잡으러 간다고 갔다가 쓰레빠 잃어버려 가지고, 큰성이랑 형들이랑 쓰레빠 찾는다고, 놀지도 못하고…… 순옥이 그 병신은 벌에 엉덩이 쏘여 가지고, 엉덩이 세 개 됐다고 둘째형이 놀리고 그랬잖아. 큰성, 그때 생각나?"

〈돼지가 우물에 빠진 날〉과 마찬가지로 〈초록물고기〉가 제시하는 가족의 풍경은 삭막하다. 산업화된 대도시에서 그들의 삶은 남루한 일상에 매달려 있다(알코

올중독 형사, 지체장애인, 트럭을 몰고 아파트 단지에서 채소를 파는 행상, 나이트클럽에서 일하게 되는 폭력배, 다방여급). 막동이가 살해되고 나서야 그들은 어이없게도 하나의 가족으로 돌아와 이제는 신도시에 이주해온 주민들을 상대로 닭백숙 집을 꾸려나간다. 영화의 마지막 숏, 이 식당이 자기가 죽인 막동이네 집인 줄을 모르는 폭력배 두목 양곤과 카운터에 앉은 형수는 무심코 말을 나눈다.

"여기 신도시에 사세요? 앞으로 자주 오세요." (두목은 액자 속에 모아 벽에 걸어놓은 막동이네 가족사진을 보면서) "옛날 사진 그렇게 모아 두니까 괜찮네. 아이디어가 좋아."

도시정책을 입안하고 실행하는 이들이, 신도시와 새로운 환경에서 살아야 할 사람들이 겪을 삶의 정체성을 세밀하게 검토하는 건 불가능한 일이었을까. 베드타운 구실만 할 뿐인 신도시가 투기와 재산증식을 부추기는 사회장치로 변질되리란 점을 예상 못 했을까. 그래서 삶이 이렇듯 피폐한 것을. 한편 대부분의 영화가 신도시의 삶을 지나치게 자폐적인 시각에서 관조하거나 희화화하여 보여주는 데 그친다는 점은 아쉽다. 그럼에도 〈초록물고기〉는 도시적이다. 아니, 현재 도시의 건조한 삶을 지난날의 기억 속에 중첩시켜 내보이는 본격적인 도시 영화다. 처음 장면, 버드나무와 어린 시절 집의 모습과 아름다운 들판이었던 옛 풍경은 마지막 자막이 올라가면서 고층아파트가 들어선 현재의 모습으로 바뀐다. 도시의 휘황함과 매력적인 공간을 무대로 전개하는 속도 빠른 영화는 흔하지만, 〈초록물고기〉처럼 비정한 시선으로 길게 응시했던 경우가 또 있었던가.

세 영화(모두 제목과는 달리 돼지, 악어, 물고기가 전혀 등장하지 않는다는 점은 흥미롭다)는 당대 서울을 사는 서로 다른 종류의 사람들을 서로 다르게, 그러나 드라마틱하지 않게, 때로는 어쩔 수 없는 우연으로 재현하는 데 성공한다. 리얼리티를 확보하면서, 관계 맺는 상황을 집요하게 재현하는 방식이 즉흥적이기까지 하다. 그리고 우리를 그 공간으로 빠뜨린다. 드디어 맞닥뜨린 도시의 욕망과 후줄근하고 쓸쓸한 우리의 초상.

1970~90년대에 이르기까지 살펴본 영화에서 발견되는 서울은 도시근대화 역사에 대한 시각화이며 비생산성이라는 낙인이 찍힌 사람들, 특히 도시빈민들과 언저리로 밀려난 이들이 간직한 향수의 대상이다. 이들 영화는 우리나라 근대화 과정에서 '성과', '결과', '물질'이라는 가치가 '과정'과 '정신'이라는 가치와 충돌할 수밖에 없었고, 서울개발 역사는 그와 같은 상황을 집약적으로 보여준다고 말하고 있다. 더불어 고속성장 사회에서 인권은 부차적인 것이 되었고, 도시 빈민의 인권은 돈으로 환산되지 못한다는 이유로, 더더욱 그 가치가 부정되었다고 보고 있다. 이에 동시대 영화인들은 정치·사회, 도덕적 담론이 적극적으로는 비효율성·비생산성을 불성실로 치부해버리고, 소극적으로는 무관심의 대상으로 전락시키는 상황에 주목했다. 이 담론의 궁극적인 목적이 비생산성을 도덕적으로 차별화시킴으로써 성공신화의 이면에서 자행된 타자의 억압을 은폐하는 것이라고 보았다.

　나는 서울에서 태어나 서울에서 자랐다. 서울의 비약적 성장을 자양분으로 유년시절을 보냈다고 해도 과언이 아니다. 민주화 투쟁에서 민주정부 수립까지로 이어지는 폭압과 혼란과 갈등의 1980~90년대에도 여전히 나는 서울 사람이었다. 그럼에도 서울을 고향으로 인식하기엔 내 삶의 지층이 허약하다. 무수한 영화에서 서울의 곳곳이(심지어 내가 살던 동네는 영화촬영이 빈번하다) 등장해도 무심하다. 서울이란 도시의 무지역성과 특징 없음에 따른 결과다. 내게 서울은 백인백색의 사람이 천양지차 형상으로 모여든 무색무취의 메트로폴리스다.

　어느 이론가는 한국영화 미학의 새로운 가능성을 바로 이 점에서 찾았다. 그는 1980, 90년대 영화에 등장하는 서울은 대개가 이분법적으로 디스토피아만 강조되며 유토피아는 서울을 벗어난 공간 속에서 제기되었다고 지적한다.

　진정한 새로움은 과거로부터의 변화와 세계영화 속의 동시대성으로 변별되는 새로운 감수성과 미학을 통해 성취될 수 있다. 한국영화 속 서울의 이미지는 오랫

동안 이분법적 사고를 탈피하지 못하고 디스토피아적 공간으로 묘사되어왔다. 21세기가 시작된 지도 20년이 흘렀다. 여전히 서울은 발군의 도시이지만 특징 없는 공간이다. 무수한 한국영화가 선택한 수도 서울의 정서는 어떤 영화, 어떤 장면에서도 도드라지지 못한다. 2019년 오늘 여기, 서울을 소환하는 작업은 이른바 동시대적 공간의식을 통한 전복적인 창조성을 향해 나아가는 첫발이 될 것이다. 당대 도시 공기를 제대로 담아낸 영화를 기다린다.

[참고문헌]

조성룡, 「영화와 건축 이야기」, 『경향신문』, 2005. 8.

이효인·이정하, 『한국영화 씻김』, 열린책들, 1995.

백정우, 「한국도시포럼 2017 발제문」, 2017.

이 책에서

이야기한

영화들 (제목 가나다 순)

제목	감독	제작 연도
8월의 크리스마스	허진호	1998
가족의 탄생	김태용	2006
거짓말	장선우	1999
검사와 여선생	윤대룡	1948
고양이를 부탁해	정재은	2001
공조	김성훈	2016
괴물	봉준호	2006
군산, 거위를 노래하다	장률	2018
난장이가 쏘아올린 작은 공	이원세	1981
눈이라도 내렸으면	장희철	2015
델타 보이즈	고봉수	2016
도둑들	최동훈	2012
돼지가 우물에 빠진 날	홍상수	1996
땐뽀걸즈	이승문	2016
라디오 스타	이준익	2006
라쇼몽	구로사와 아키라	1950
멋진 하루	이윤기	2008

제목	감독	제작 연도
미망인	박남옥	1955
바람 불어 좋은 날	이장호	1980
박하사탕	이창동	2000
반드시 크게 들을 것	백승화	2009
범죄와의 전쟁	윤종빈	2012
별들의 고향	이장호	1974
봄날은 간다	허진호	2001
빌리 엘리어트	스티븐 달드리	2000
삼포 가는 길	이만희	1975
생활의 발견	홍상수	2002
소성리	박배일	2018
쉘 위 댄스	수오 마사유키	1996
스윙걸즈	야구치 시노부	2004
신세계	박훈정	2013
악어	김기덕	1996
안개	김수용	1967
영자의 전성시대	김호선	1975
오래된 정원	임상수	2007
오발탄	유현목	1961
왕의 남자	이준익	2005
용순	신준	2017
우리들	윤가은	2016

제목	감독	제작 연도
인정사정 볼 것 없다	이명세	1999
임자 없는 나룻배	이규환	1932
잘 알지도 못하면서	홍상수	2009
저 하늘에도 슬픔이	김수용	1965
철의 꿈	박경근	2013
초록물고기	이창동	1997
추격자	나홍진	2008
춘향전	이규환	1955
친구 2	곽경택	2013
칠수와 만수	박광수	1988
터널	김성훈	2016
투캅스	강우석	1993
튼튼이의 모험	고봉수	2017
파란나비효과	박문칠	2017
파주	박찬옥	2009
파파로티	윤종찬	2012
할머니의 수요일	김성경	2017
해의 비곡	조선키네마	1924
훌라걸스	이상일	2006

백정우

영화평론가.

〈엄마 없는 하늘 아래〉를 보고도 울지 않던 아이였다. 어느 날 내 인생에 영화가 엎질러졌다. 그 영화를 주섬 주섬 곱게 담아 글과 말로 육화시키며 일용할 양식을 구한다. 매체에 글을 쓰고 강연도 한다. 끝내 소망은 영화가 주는 감흥과 충격을 오래도록 유지시키는 일. 그 일을 제대로 하는 사람이 나였으면 좋겠다. 아이는 토니 스타크의 죽음 앞에서 눈물샘 터진 아저씨가 되었다.

영화, 도시를 캐스팅하다

초판 1쇄 발행 2019년 9월 30일

지은이 백정우
펴낸이 오은지
책임편집 변홍철
디자인 정효진
펴낸곳 도서출판 한티재 등록 2010년 4월 12일 제2010-000010호
주소 42087 대구시 수성구 달구벌대로 492길 15
전화 053-743-8368 팩스 053-743-8367
전자우편 hantibooks@gmail.com 블로그 www.hantibooks.com

ⓒ 백정우 2019
ISBN 979-11-90178-14-3 03810

이 도서의 국립중앙도서관 출판예정도서목록(CIP)은 서지정보유통지원시스템
홈페이지(http://seoji.nl.go.kr)와 국가자료공동목록시스템
(http://www.nl.go.kr/kolisnet)에서 이용하실 수 있습니다.
(CIP제어번호: CIP2019034280)